じい散歩

妻の反乱

JII SANPO

FUJINO CHIYA

藤野千夜

双葉社

じい散歩　妻の反乱

目次

装画　菅幸子　装丁　アルビレオ

第一話　妻の好物

1

正面に立つ八十センチばかりの銀色のポールに、T字になるように黒いグリップがはめられている。

腰の高さに調節したそのグリップを両手でぎゅっと握り、下のレールにセットされた二つのスライドボードに両足を置くと、明《あか》石《し》新平《しんぺい》は勢いよく開脚した。

左右のボードがそれぞれ外側へと、レールの上をキーッと滑る。すぐにガシャン、と乾いた衝突音を立てて止まった。

うしろから見れば、新平の体は、ちょうど「人」の字のようだ。

家庭用の健康器具の範囲だから、さほど幅があるわけでもなかったけれど、それでも両端のストッパーまで、左右合わせて九十センチはスライドするだろうか。握ったグリップにも十分体重をかけ、うまくバランスを取りながら大きく股を広げた新平は、はっ、と息をはき、今度は股を閉じた。

外側へ広がっていたボードが、キキッと滑り、カシャン、と今度は小さめな音を立てて、真ん中で止まる。

キーッ、ガシャン、キキッ、カシャン。

キーッ、ガシャン、キキッ、カシャン……。

何度も開脚し、脚を閉じる姿は、とても大正生まれの老人のものとは思えないかもしれない。

平成三十年の春、明石新平は九十二歳だった。

気が向くと自宅の二階に上がり、妻の衣装部屋に置いたその健康器具を使って、開脚運動をする。

それが九十歳を過ぎてからの、新平の新しい習慣だった。

以前からのルーティーン、朝起きてすぐのオリジナル体操だって、前は四、五十分で一セットだったのが、少しずつ、少しずつ新たな運動を追加して、今では一時間以上のコースになってつづいている。

ヨーグルトにきなこ、すりごま、干しぶどうをカフェオレボウル一杯に入れていただき、ほかには梅干し一粒、煎《い》った米ぬかをスプーン一杯、はちみつをスプーン二杯という、毎朝定番の健康食も、さらに塩煎り大豆二十粒をプラスして、パワーアップしていた。

それに加えて、暇を見ての開脚運動だった。

「本当、お父さんって健康おたくよね」

板橋のマンションで三毛猫を飼い、男の恋人と暮らすフラワーアーチストの次男には、ますます笑われることだろう。いつからか自分は長女だと言い張り、すっかりおばさんに見える身なりをした建二《けんじ》のような人物のことを、ホームヘルパーの大石《おおいし》さんによれば、ＬＧＢＴの「Ｔ」と呼ぶのだそうだ。「Ｔ」がなんの略なのか、学術用語なのか、どこかの世界での隠語なのかは、新平には一切わからなかったけれども。

「お父さん、また運動ですか」

うしろから三男の低い声が聞こえたけれど、とりあえず無視。

キーッ、ガシャン、キキッ、カシャン。

キーッ、ガシャン、キキッ、カシャン……。

気の済むまで開脚をくり返し、よし、と振り返ると、藍染めののれんをかき分け、やはり三男の雄三《ゆうぞう》がむさ苦しい顔を覗かせていた。

グラビアアイドルの撮影会を中心に、若い女の子たちを集めて、わーわーきゃーきゃー騒ぐイベントばかり企画開催する会社を興して大借金を抱え、それでもまだ懲りずに会社をつづけながら、実家に舞い戻って暮らす、困りものの息子だった。

子どもの頃からクマのぬいぐるみを可愛がる趣味は変わらずに、見た目ばかり、人並み以上に年を重ねている。今は髪を短く刈り込んで、顔の下半分を白いものだらけの無精ヒゲで覆っている。

のれんから部屋に突き出した顔全体が、だるま……雪だるまみたいだ。

「お父さん、運動ですか」

聞こえなかったと思ったのか、雄三はくり返した。宙に浮かんだきたない雪だるまが、にここ笑っている。その表情からすれば、ひとまずお金の無心ではなさそうで新平はホッとした。ない、もう一円もない、話しかけないでくれ、と突っぱねつづけて十年余り。それでも借金の尻拭いで、ずいぶんな額を蓄えから引っぱられている。損を承知で株もだいぶ売却したし、解約できる保険だって、もうひとつもない。

「黒柳《くろやなぎ》徹子《てつこ》さんも、毎日、スクワットをやってるっていいますよね」

「スクワット？」

「ほら、こういう」

上下ジャージ姿の五十男が、のっそりと部屋に足を踏み入れた。両手を前に上げると、それをうしろに振り下ろしながら、両膝を曲げ、大きな尻をうしろに突き出して、腰を落としてみせる。

「ああ。そういうのか」

新平はうなずいた。だれかプロレスラーがくり返すのをテレビで見たことがある。「……知り合いか？」

「はい？」

「黒柳徹子と」

「なんで？」

「さん、って言っただろ。今」

「違います、違います」

雄三は無用なほどおかしそうに笑うと、

「それ、使ってみていいですか」

今まで新平が足をのせていた、健康器具を指差した。

とにかく大食いの運動不足で五十代を迎え、ますます体の分厚くなったおデブの三男では、器具の耐荷重を超えているような気もしたけれど、軽く使うぶんには大丈夫だろう。新平は無言でうなずいて、場所を入れ替わった。

「雄三、おまえ、今日は休みか？」

「はい？」

みしり、とイヤな音を立てて、器具に片足だけのせた雄三が振り返った。「いえ、少ししたら出かけますけど」

「あ、そ」

質問しておいて、素っ気ない返事をするのは新平の得意技だった。

「なにか」

「いや、いい」

あきらめのいい新平はあっさり答えると、藍染めののれんを手でかき分けて廊下へ出た。

2

一つ年下の妻、英子《えいこ》が倒れてもう二年半になる。

あの秋、日曜日の朝、新平が目覚めると、英子はひとり廊下へ出て、お手洗いの前に突っ伏していたのだった。

北関東の山間《やまあい》、郷里のM町でおたがいに大勢のきょうだいと一緒に育ち、太平洋戦争中に交際をはじめ、戦後、東京で所帯を持った妻だった。高度成長期に三人の子を産み、育てると同時に、新平が二十九歳で興した会社「明石建設」の経理の社員としても、ずっと支えてくれた。

「おい、英子！」

新平は駆け寄り、ころっと丸い体をした妻に自分の身を寄せた。まず息を確かめ、脈を取り、何度も声をかけ、二階に同居する引きこもりの長男、孝史《たかし》が階段の途中までこっそり様子を見に来ているのに気づくと、同じく二階で惰眠《だみん》をむさぼる三男を呼ばせ、それから救急車の手配をした。

新平は男五人女四人、九人きょうだいの長男だったが、若いうちに郷里を飛び出していたから、家で親を看取った経験はない。

正直なところ、いささか気が動転していたし、また、新平自身もかなりな高齢のため、救急車を呼ぶまでに、少し……本当はかなり、時間の遅れがあったのは間違いなかった。

ただ、その一点をもって、一緒に住んでもいない次男から、倒れている英子をそのまま放置した、ありえない、としつこく非難めいたことを言われるのには閉口した。

「早く救急車呼びなさいよ」

と、あの朝、三男のスマホへ指示したことを、いつまでも自分ひとりの大手柄のように。

ひどいときには、名誉毀損ものの暴言、

「三人でママを殺そうとしたよね」

とまで言う。

それでなくても、妻が入院してからの治療方針や、お見舞いの仕方にも、いちいち口を挟むので、さすがに心の広い新平も、

「うるさいっ」

一度は、相部屋の病室で怒鳴りつけたくらいだった。

もし妻に、まったく治る見込みがないのなら。

妻が倒れたあの朝、新平は考えたのだった。治る見込みがまったくないのなら、むやみに病院などに行かず、家で静かに看取ってやりたい。新平の見立てでは、妻は老衰だった。

救急車で運ばれ、無情な切った張ったをされ、意識も戻らないまま、数日の延命をされてどう

するというのだろう。

　それだったら自分が手を取って、家で最期をしっかり看てやりたい。

　そういった夫婦のあたたかな情が、もとよりエキセントリックな次男には、うまくくみ取れないようだった。

　結果、やいのやいのうるさい自称長女に負けて救急車を呼び、病院に搬送されたおかげで、英子の意識はもどり、当初は建二以外は不要と断じた胃瘻《いろう》での栄養補給の甲斐《かい》もあって、じょじょに口から物を食べられるようにもなったのだけれど、とはいえ実際、救急車に同乗し、入院後も毎日病院に通い、看病し、きついリハビリを見守り、二ヵ月以上にわたる長期の入院費を支払ったのは、他でもない新平だった。

　退院後だって、毎朝、介護ベッドを起こし、一日一回、または二回の胃瘻をし、立ち上がらせて歩行器につかまらせ——それが難しくなってからは、安全のためにしっかり支えて車椅子に座らせ、居間へ連れて行き、一緒にテレビを見て、あれこれ話をし、たびたびトイレに行きたくないか訊ね、希望があればつれて行き、便座に腰かけさせるなどの介助をするのも新平の日課だった。

　居間ではおやつや食事も口に運んでやり、一日二回、コップと歯ブラシ、洗面器を持ってきて、ごしごし、ごしごしと、いやがる妻の歯を磨く。

　もちろん車椅子を押してベッドに戻り、支えて立ち上がらせ、寝かせるのも新平だった。

「いいね、お父さんがやさしくて。お母さん、私、ここのお父さん、タイプだわ」

いつも出入りするホームヘルパーの大石さんが、ことあるごとに口にするから、

「そんなお世辞言われても、あげられるもん、なんもないよ！」

女性と話すのが大好きな新平は、陽気に答えるのだった。

その楽しく、ほがらかな空気は、きっと英子にも幸せなものに感じられるのだろう。かつては新平の浮気をしつこく疑い、あんなに嫉妬ぶかかった英子がにこにこと笑い、ちょっと聞き取りづらい発音ながら、

「……あげる」

と大石さんに言ったことがある。

「なに？　お母さん」

「あげる」

と、英子が笑いながら指差しているのが、夫である自分のことだとわかって、新平は、かっ、と笑った。

「いるもんか、こんなじいさん。なあ、大石さん」

「はい」

四十代のさっぱりした、スマートな女性に言われ、新平は、もう一度、かっ、と笑った。

3

長男の孝史は、昔から引っ込み思案で、神経が細く、高校を中退してから、ずっと働かないで家にいる。

家にいるまま、五十代も半ばを過ぎた。

たいていは自分の部屋でラジオを聴いているか、クロスワードのパズルを解いているのだけれど、べつに攻撃性はなく、食事はきちんと一階の食卓でとる。むしろ、きちんと食事が出ないと様子がおかしくなるのが厄介なのだけれど、長年、世話を焼いてくれた母親に介護が必要になり、ほんのいくらかは、これまでより家のことを手伝うようになった。

人の多い時間帯は嫌がったけれど、コンビニや近くのサミットにお弁当を買いに出るくらいのことは定期的にしているし、新平が、やれ、と命じれば、「雄三がやればいい」とか「なんで、俺ばっかり」とか文句を言いながらも、三回のうち二回、ないし一回は、洗濯機を回して、庭の物干しに、おそろしく雑な干し方をしている。

あとでそれを留め直し、パンパンと手で叩くのが九十二歳の新平の仕事だった。

それがかえって面倒で、はじめから自分で全部してしまうことも多かったけれども。

新平が二階で開脚運動をしている間、居間で英子とテレビを見ているようにと頼めば、孝史はきちんと離れずにいてくれる。

ただ、それ以上に気を利かせたり、なにか責任を持つことが苦手らしかった。

これまでに事故はなかったけれど、英子にとつぜん問題が起きて、そばにいる孝史が判断できずに固まっている場面を想像すると、やはりあまり長い時間は任せられないなと新平は感じるのだった。

それともこうやって、いつまでも面倒を見てしまう姿勢が、親として甘いのだろうか。まさか九十歳を過ぎて、まだ親の役目をするとは思わなかったが。


「あら、お父さん、運動終わったの？」

三男を二階に残して下に戻ると、自称長女の建二がいた。

ＬＧＢＴの「Ｔ」だ。ずいぶん大きな、淡い桜色のセーターを着ている。

「ガシャンガシャン、やってたんでしょ」

「ああ、来てたのか」

「うん。時間が空いたから、ママのお見舞いに」

長男の孝史と、車椅子の英子と一緒に、食卓に向かっている。もう、お茶をいれて飲んでいたようだ。

「いつも元気だよね、お父さん。相変わらず。九十二？」

「そ。十月で、九十三」

「びっくりだよね、九十代って、そんな歳には全然見えないもん」

「そう？　運動してるからな」

「森光子《もりみつこ》も、舞台ででんぐり返ししてたよね、九十歳近くまで。放浪記だっけ、林芙美子《はやしふみこ》の。あと、スクワットは、ずっとつづけてたんでしょ、確か」

「スクワット？」

「うん。亡くなるまで。あれ？　スクワットは黒柳徹子だっけ？　ん。両方かな？　え、どうしたの？　お父さん。なに笑ってるの？」

「ふん、兄弟だな、やっぱり」

　新平は鼻を鳴らし、

「建二、おまえ、しばらくいるだろ」

　と言った。

「え？　今来たばっかりだし、本当は人に会う予定が急になくなって、ひまになって来たから、今日は全然平気だけど」

「じゃあ、ママを見ててくれよ、俺、ちょっと散歩してくっから」

　新平は言いながら、もうジャンパーを羽織り、グレイのニットキャップをかぶっている。「あと、ついでに洗濯しといて。雄三がポイポイ放り込むばっかりで、だいぶたまってんだ……」

4

ちょっと散歩と言いながら、新平は最寄りの椎名町《しいなまち》から西武線に乗り、下り方向へ二駅で降りた。

二階の自動改札を抜けると、少しだけキョロキョロして、北口、と書かれたほうのエスカレーターを使う。

駅舎を出ると、すぐ右手に神社の石の柱が見えた。

富士塚があることで有名な、江古田《えこだ》の浅間《せんげん》神社だった。

江戸時代の富士山信仰から、都内にはたくさんの富士山を模した塚があり、ここの富士塚は、そのうちでも大きなもののひとつとのことだった。

本物の富士登山のかわりに、ミニチュアの富士塚を登り、山の神様にお参りしたことにする。

今より宗教が身近で、旅が大変だった時代の、庶民の娯楽だったのだろう。

柱を抜けて石畳の参道を歩けば、石の鳥居の向こうに、区の名木らしい大きなケヤキの木がある。ただ、暦の上では春といっても、まだ三月のはじめでは、葉はすっかり落ちたままだった。

新平は手水舎《ちょうずや》で手と口を清め、がらんと広い敷地のわりには小さくも思える、木造の社殿に向かった。

小さくも思える社殿に、ずいぶん立派なしめ縄がかかっている。

九十代とはにわかに信じがたいほど、ぴん、と背筋をのばし、恰幅のいい新平は、からんからんと鈴を鳴らし、お賽銭《さいせん》を投げてから、深く二礼をし、大きく二回手を打つ。

そのまま目を閉じて、手を合わせた。

家族のこと、とくに妻の健康のことをしっかり祈る。

目を開けると、新平はまた深く礼をした。

富士塚はその右手奥にあった。

年に三回、お正月三が日と、七月一日の山開き、九月第二週の例大祭の土日にだけ、登山することができるそうで、そのどれでもない今日、もちろん入口はふさがれていた。

それでも白木の柵ごしに、先の様子が少し窺える。

木の生い茂った丘を真ん中にして、左回りに進むようだ。入ってすぐ、小さな猿の石像が向かい合うのが一合目。

そこから石の段を三つほど登り、細い山道を数メートル行った先、赤い鳥居が立つあたりに、二合目の石碑が見える。

その先は奥に突き当たるようだったけれど、木の高さなんかから丘の全体像を推し量り、ぐるりと登山コースを想像して首を回すと、

「うん。これくらいか」

と、新平は納得した。

これくらいの高さと距離ならば、まだ自分の足でも登れそうだった。

さすがに今から本当の富士登山はできないだろうから、いよいよ足が衰えないうちに、いつか登山できる日を狙い、ここの富士塚をまた訪れたいと思った。


以前は毎日のように、椎名町から池袋界隈まで歩き、好きなコーヒーを飲んだり、洋食を食べたり、顔見知りの女性店員のもとを訪れて挨拶をしたり、気になる建築物を眺めたりと、ひとり気ままな長距離散歩をしていた。

帰りには、決まって明石建設の事務所にも立ち寄った。といっても、建築の仕事は七十代に入ってやめていたし、そのあとではじめた不動産の仲介業も、十年足らずで畳んでいたから、事務所とはすでに名ばかりで、そこは新平自身が設計施工したアパート、上下三室ずつの「あすなろハイツ」の一〇一号室、大家兼管理人の部屋だった。

そしてもう一つ。

大切な趣味を楽しむ部屋として、そこを新平は長く利用していた。

趣味というのは、エッチな本やビデオの収集だ。

「いやらしい！　なんでそんなに見たいの？　バッカじゃない？」

娘気取りの建二には何度も呆れられたけれど、新平からすれば、それはごく健康的な範囲で、女性への関心を持ちつづけているだけだった。関心が肉体面に偏りすぎなのと、年月が長いせいで、コレクションが膨大になっているのは否めなかったが。

事務机の横に大きなスチール棚があり、そこにびっしりと写真集や小説、専門書やハウツー本なんかが詰め込んである。性、という文字を見れば、書店でも必ず手に取るほど、つねにアンテナを張っている新平は、何事につけ、コツコツと学び、努力を惜しまないタイプだった。

探究心が強いのかもしれない。

池袋で買った大好物、白くてねっとりした三原《みはら》堂の薯蕷《じょうよ》饅頭や、揚げパンにあんこと求肥《ぎゅうひ》のはさまったタカセのあんみつドーナツなんかをお茶うけに、煎茶をいれ、ひとり集めた本を開く。そして次男に選んでもらったＭａｃのパソコンを達者にあやつると、世界につながるインターネットで、お宝の画像や動画を心置きなく楽しんでいた。

それが新平の、八十代だった。

今思えば、ずいぶん平和で、のどかな日々だった。

けれど、英子が倒れ、自宅での介護が必要になってからは、なかなかそこまでの時間はとれなくなった。

一応、管理人らしく、ピンポイントでアパートの様子を見に訪れても、階段や廊下、郵便受けやゴミ捨て場あたりの掃き掃除をするのに精一杯で、夏場の草とりや、万年塀のメンテナンス、小さな植え込みの枝葉を整えるのも、ままならなくて不満だった。

かといって、人に頼めば、余計な出費がかさみそうで悩ましい。

三兄弟がいて、まったく役に立たないものだ……と今さらのように苦々しく思うことは正直あったけれど、その不満をなるだけ顔に出さないのが、新平の生き方、スタイルだった。

不満は顔にも、そして口にも出さず、ただ散歩の時間が減って、脚力が衰えそうなぶんだけは、二階に置いた健康器具で、キーッ、ガシャン、キキッ、カシャン、と補っている。

それが大正末に生まれ、大きな戦火もくぐり抜けた新平のプライド、矜持《きょうじ》のようなものかもしれない。

神社のすぐ脇、雪華《せっか》堂という和菓子店に寄り、自宅への土産に、昔みそまんじゅうと苺大福を買う。

それから自分の楽しみに、半生だというめずらしい「あまなっとう」を選んだ。

素材も大納言あずきやうぐいす、お多福や黒豆から、変わったところで落花生、生姜《しょうが》なんかもある。

そのうち三袋を選んで買い求めた。

店を出て浅間神社の側へ戻り、富士塚の奥に面した通りを下る。

通りから見上げれば、フェンスの向こうに窺える塚のサイズは、大体さっき思ったとおりで、ますます次の機会には登ってみたくなった。

もっともその信仰の頂点、富士山頂にある浅間神社には、神話の女神、木花咲耶姫《このはなさくやひめ》がまつられているのではなかっただろうか。

たしか神武《じんむ》天皇へとつながる女神さまだ。

安産のお祈りに訪れるのだったかもしれない。

三兄弟、だれひとり結婚せず、子どももいないのに、安産や子育ての神様に祈願してどうするのだろう。それともいないから、祈願するのだろうか。

細い路地から、小さな商店の並ぶ界隈に入ると、もう閉店したのか、定休日なのか、可愛らしいイラストがかかれたシャッターが、いくつか降りているのが見える。開いているのはラーメン店や寿司店など、飲食系のお店が多い。

商店街の路地一本向こうが住宅地で、そこをふらり、ふらりと歩く。

九十二歳になって、新平だって、決してこれまで通りということはない。

以前からじーじー、じーじーうるさかった右の耳鳴りはどんどん大きくなっているし、左目の緑内障が進み、視界が狭まっているのを感じる。膝の関節がひどく痛む日もあったし、トイレはガマンしづらくなっている。いくら体を鍛えても、どうしても鍛えきれない部分はあるのだろう。

でも、とにかく歩き、とにかくものを食べる。

「よく歩くね～」「よく食べるね～」と人から感心されれば、「歩けなくなったら終わりだよ」「食べられなくなったら終わり」と新平は必ず答えるのだったが、最近、ますますその気持ちは強くなった。

もちろん誰しもが、スタスタ歩けるわけでも、バクバク食べられるわけでもない。何ごとにも、それぞれにちょうどいい速度がある。ただ新平自身は、これまでそうやって生きて、ずっと家族を守ってきた。

妻と三兄弟がどう感じているかは知らないけれど、新平本人はそのつもりだった。

5

ツタのからまった民家の前に、若い人が三人ほど並んでいるのが見えた。

入口にだらりと長いのれんがかかっているから、住宅地にあるお店らしい。

和風な青のれんに、白抜きで「パーラー」の文字が見えた。

列のうしろにつき、ガラス戸の中を覗くと、おいしそうなパンを売っているようだ。さらに戸の貼り紙をよく見れば、カフェも営業しているようで、新平は店内でコーヒーを飲むことにした。

民家を改造したのだろう、板張りの落ち着いた店内だった。

若いスタッフが大勢立ち働いている。キッチンスペースの手前に薪ストーブが置かれ、小さな木のテーブルが四つ、五つほど。それとカウンターがある。カウンター席側のむき出しの天井から、細長い、しゃれたかたちの電球が吊り下がっている。一方、テーブル席のほうは、きれいなシャンデリアが照らしている。

テーブル席に案内され、手書き文字のメニューを開くと、自家製ハムのサンドと、コーヒーのセットがあったので、新平はそれを注文した。

若い女性店員から、パンを選ぶように言われ、メニューのそのページを開いてもらって適当に決める。

コーヒーも同様だった。

周りのお客さんのテーブルを見ると、ずいぶん大きなお皿に、サラダと、サンドの具もたっぷりな、分厚いパンがのっているので、楽しみになった。

目を閉じると、ふと眠ってしまいそうになる。

もしあのまま看取っていたら、と新平だって思ったことはある。

そうすれば、妻も自分も楽だっただろうか、と。

倒れたのは英子が八十八歳のときだったから、もしあのまま亡くなっても、世間からは「よく生きた」と言われる歳だっただろう。

つらいリハビリを重ねてなお、自分ひとりでできることの少ない暮らしをつづけることもない。

そもそも無理に生かすのがいいことではないと、新平自身は思うのだったが、それでも考え方の違う建二の強い要望で胃瘻の手術をうけさせたあと、「どうだった～？」と明るく感想を問う自称長女の次男に、「いたかった～」と童女のように泣いてアピールする妻の姿を見れば、不思議と「生きてこそ」とも思うのだった。

なによりその甲斐あって、嚥下《えんげ》の訓練もすすみ、食べたがりの妻が、念願の食事を口からもとれるようになった。

食べたいというのは、つまり生きたいということだろう。

だったら自分も、あとしばらく付き合おう。妻が食べたいのなら、食べさせてやる。

コーヒーは食事といっしょに、と頼んだので、テーブルには水しか届かないまま、十五分ほど待った。もしかしたら、少し眠っていたかもしれない。

そしてようやく届いた自家製ハムのサンドは、ハムが層になった分厚いもので、大量、と言いたくなる人参の千切りもいっしょにはさまっている。

砂糖をたっぷり入れ、よくかき混ぜたコーヒーに、新平は口をつけた。

うん、うまい。

それから、予想外に固いパンに挟まれていたサンドイッチにかぶりつく。パンもそうだったが、ハムも想像とはまったく違う。むかし谷中《やなか》で見た観音寺の築地塀《ついじべい》のように薄い層を重ねたハムは、全体で一センチほどの厚さになり、ジューシーな肉のかたまりといったほうが近い。

ほどよい脂と、レアっぽい食感の部分もまじるのが、肉好きの新平には好ましかった。

人参は酢漬けになっているようだ。

うん。うまい、とこれもうなずき、小麦の香る素朴な固いパンを嚙みしめながら、甘いコーヒーを飲み、新平はまた目を閉じた。

第二話　妻の笑顔（一）

1

「そろそろ事務所を片づけて、あの部屋も人に貸そうと思ってんだ」

江古田で買ったうなぎのお弁当をぱくり、ぱくりと食べながら、新平は言った。

「え、どうしたの。急に」

と建二。「片づけるって、事務所なくしちゃうの？」

「そ。片づけて貸すの」

新平がうなずいたあとも、自称長女の次男は、「の？」の口をしたまま、首をかしげている。前のおかっぱより少し長くなった髪が、外側にくるんとはねている。新平と同じく、香ばしいうなぎの蒲焼きと、濃いタレのたっぷりかかったご飯をぱくつきながらだから、本当は、おいしいの「お」の口なのかもしれない。

やがてお椀を手に取り、豆腐となめこの赤だしのお味噌汁を一口啜ると、

「なんで？　せっかくお父さんの秘密基地なのに」

ようやく建二は話をつづけた。

「だってなかなか行けないだろ、あそこも。もったいない」

きれいな焦げ色から、ほっこり白い身ののぞくうなぎを、ごはんにまぶして英子にも食べさせる。

首に防水加工のよだれかけをつけた妻は、車椅子に座り、新平の横でにこにこと笑っている。本人に食べさせるとぽろぽろこぼすので、自分の分のお弁当をお皿に取り分けて、妻の口に少しずつ少しずつ、スプーンで運んでいるのも新平だった。

「うまいか？」

「……おいしい」

にこにこ食べている。

「そう」

だったら、やはり買ってきてよかった。

さっき新平が散歩ついでにみんなのお弁当を買ってもどると、

「え～、なんで？　夜はカレーにするつもりだったのに！　だったら、先に言ってよ」

台所に立つ建二は不服そうにしたけれど、

「なかやのうなぎだぞ、むかし、何度も行っただろ」

と折を見せれば、

「うっ。……じゃあ、カレーは明日食べてね」

あっさりメニューを変更し、ツバを飲むくらいにはうなぎ好きだった。江古田にあるその店には、三兄弟が小さかったころに、何度か訪れたことがあった。確か職人の紹介だった。まだあるだろうかと足を運ぶと、建て替えられて同じ場所にあったから、懐かしさもあって、お弁当を誂えて持ち帰ったのだった。

結果、新平は妻の英子、長男の孝史、そして妻の見舞いに来ていた次男の建二と、なごやかに晩の食卓を囲んでいる。

ただひとり、三男の雄三だけは、仕事と称した道楽のアイドル撮影会（または番組配信、またはフットサル、またはクイズイベント）に出かけていたから、むかし家族で足を運んだうなぎ店の懐かしい味を、一緒には楽しんでいない。

つくづく運のない、タイミングの悪いやつだと新平は呆れながらも、ひとりそれでは可哀想だろうかと、お店でしばらく悩んだ末、やはり三男のぶんの折も追加して持ち帰ったのだった。

新平本人もとっくに気づいている通り、なかなかの甘い父親だろう。

一折がずっしりと重い、立派なお弁当だった。

うなぎの姿に見えるよう、大きな「う」の字が印刷された折を食卓に置いておけば、どうせ夜中にでも帰って、ぺろりと食べてしまうだろう。

もし食べなければ、明日、自分で食べたっていい。

「……本当に貸すの？　事務所」

こちらは念を押すように、建二が言う。くどく訊くのは、きっと新平の発言に不満があるからだろう。

「ああ。事務所は貸す」

新平も負けじと、くどく言い返した。子供のころから負けず嫌いの、意地っ張りな性分だった。郷里で家業の大工修業を放り出し、上京して英子と所帯を持ってしばらくは、あまり仕事がつづかず、アルバイトを重ねていたけれど、弟の紹介でたまたま小さな建設会社に勤めて以降、よく仕事を覚え、資格を取り、独立もした。

最初に自分の家を建てたのが事務所のある場所だ。

自宅の一室で会社をはじめ、すぐに一階のほとんどを事務所にし、その後、住まいを今の場所に移し、毎朝、英子と一緒に出勤するようになった。

一番景気がよく、仕事が忙しかったのは四十代の頃だろうか。月の商いが三千万円ほどはあり、ちょっと銀行へ出かけた英子は、必ず行員の運転する車で戻ってきた。

事務所だった場所を、ワンルーム六室のアパートに建て替えたのは、好景気から一転、会社の経営が傾き、どうにか規模を縮小して生き延びてからだ。

以来、「あすなろハイツ」の一室、一〇一号室が明石建設の事務所だったから、仕事をやめた今も、新平が「事務所」と呼ぶのは、そこしかなかった。

でも、それももう不要だろう。

長男の孝史が神経質そうにうなぎを口に運びながら、目をきょろきょろさせ、話の行方を無言でうかがっている。

「あんまり急いでそういうの決めると、あとで失敗したって思うことになるかも……」

しつこい建二が言う。

「いい。もう決めたの」

新平がきっぱり答えると、建二は呆れた顔をした。話題を変えるように、

「ママ、おいしい？」

うなぎをゆっくり咀嚼《そしゃく》する母親に訊く。英子は、咀嚼しながらうなずき、ん、んん、と答えた。おいしい、と言ったみたいだ。それから建二の顔と、うなぎの折を交互に指差し、お前も食べろ、とおどけたジェスチャーで、可愛くうながしている。

「私？　食べてるよ～。おいしいよね～、ここのうなぎ。本当に久しぶりだけど、ほっぺた落ちる～」

建二はイタリア人みたいに自分の頬を人さし指でぐりぐりと示してから、また新平を見た。

「今、あんまり行けてなくても、これまでよく利用してたよね、事務所。やっぱり慎重に考えたほうがいいと思うんだけど」

「は？　もったいないだろ、今行けないんじゃ」

「べつにもったいなくないよ、部屋は六つあるんだから。ひと部屋くらい、お父さんが好きに使ったっていいでしょ」

「だから好きに使って、人に貸したいんだよ」

「そういう意味じゃなくて……」

「お金がないの！　毎月、いろいろかかんだって」

自分から持ち出した話題だったけれど、いちいち突っかかられると面倒くさい。話を切り上げるように新平は言った。「息子が何人いたって、誰もうちに金入れやしないんだから。そりゃ、俺だって大変だよ」

　新平はぴしっと言ってやったつもりだったけれど、もうずっと同居していない強みだろうか。それとも自分は息子ではないと心から信じているのか、

「じゃ、あの部屋のもの、どうするの？」

　建二は一切応えた様子もなく、話をつづけている。

「……処分するしかないだろ」

　仕方なく、新平は答えた。

「コレクションも？」

「ああ、もったいないけどな」

「パソコンは？」

「あれは、ここに持ってきて使う」

新平が即答すると、ようやくただの思いつきではないと理解してくれたのだろうか。

うーん、としばらくうなってから、建二は黙った。

本当は、少し食事に集中したかったのかもしれない。

大きな口を開けて、蒲焼きとご飯を、ぱくり、ぱくりと食べている。

2

手すりをたくさん後付けしたお風呂で、のんびり湯につかり、新平は好きな民謡をうなった。

一節でやめる唄もあれば、しっかり腹から声を出して、長く歌うものもある。どこの民謡を歌っても、ちょっと自分の郷里を思い出すのはなぜだろう。

新平のうなる民謡は、よく声が通って、長くのび、堂々としていて素敵だと、兄弟会の旅行でもいつも好評だった。兄弟会の旅行の最後は、英子が倒れる前年だったから、三年……四年前になる。

あの旅行のときには明石家の兄弟姉妹、その連れ合いまで含めて、誰も亡くなった者がいないことを誇り、喜んでいたのに、この四年のうちに、妹の連れ合いがふたり、つづけて鬼籍に入った。

一人は都内だったので新平もかけつけたが、郷里で行われたもう一人、田辺《たなべ》君の葬儀には、ちょうど新平自身も腰をひねってしまい、湿布をしても痛みが引かない時期だったから、大事を取って欠席させてもらった。

明石家の親族では、都下に住む甥っ子が、戻って葬儀に出るというので香典を託した。

たけひろ、という名のその甥っ子は、末の弟の息子で、こちらに来てなかなか成功している。年は雄三と同じ。郷里M町から単身上京して、学校を出て、一軒家を建て、妻と、大学生の娘二人と暮らしている。

「おじさん、M町まで、いっしょに車で帰りませんか。家まで迎えに行きますよ」

そもそもそんなふうに声をかけてくれたのだった。

立派で気のつかえる、いい男だった。

壁の手すりを軽く握って湯船を出ると、新平は洗い場の蛇口をひねった。

家のあちこちが散らかっているわりには、水垢もついていないし、お風呂場の掃除はそれなりにできている。もともと風呂好きで、よく入り、いつも掃除をしているのが新平本人だからだろう。

温度がちょうどいいのを確かめてから、シャワーに切り替える。湯がぷわーっと広がり、小さなしぶきが体に当たる。

シャワーを手に取って、頭から湯を浴びた。

会津若松の東山《ひがしやま》温泉へ、一泊旅行をしたのは去年だった。

英子が股関節の痛みでしばらく入院していたから、その間に、ほんの二日だけ、介護の休みをもらったのだった。

バス停からしばらく坂を上ったところにある、芦名《あしな》、という名の日本旅館に泊まった。

源泉掛け流しの湯に何度もつかり、渓谷の川のせせらぎを聞いて眠った。あれは新平にとって、久しぶりで、そして今のところ最後の旅行だった。

朝食の焼きさばは、身が厚く、あぶらがさらっとしてうまかった。

女将に聞けば、千葉県から取り寄せたさばで、乳酸菌のつぼに二十分ほど漬けてから、天日干ししたものなのだという。硬めに炊いた会津米とも合い、よい旅の思い出になった。

ただ、その旅から帰って、やがて妻を退院させると、どうやら長く入院させすぎたようだと新平は反省することになった。

都合三週間ほどの病院暮らしだったが、いくら肩を貸しても、手すりを握らせても、車椅子から立ち上がるのも難しい状態になっていた。

いたいいたい、いたいいたい、と夜中に痛がるのを救急車で運んでもらったから仕方がないとはいえ、これまでリハビリを支援してくれた病院なら、こんなふうにはならなかったのではないか。

はじめは股関節のことだから、とも思ったけれど、そもそもなにかを握る力が弱い。家に帰ってから、訪問の看護師さんやホームヘルパーの人たち、多くの人たちの力を借りて、もちろん新平自身も毎日リハビリの手伝いに全力を注ぎ、英子がそれまでと同じくらいにあれこれできるまでに戻すのには、入院していた期間の倍以上はゆうにかかった。

「むやみに入院させては、いけなかったか……」

その反省は、食卓に置いた大学ノートに書きつけてある。

「歌ってたね、民謡。いい調子で」

風呂から上がって、タオルで全身と髪を拭い、白いパンツだけはいた姿で脱衣所兼洗面所を出ると、もう帰ったかと思った建二がいた。

「なんだ。まだいたのか」

英子の話し相手をしてくれていたのかもしれない。ふたりで食卓に向かっている。

新平はそのままの姿で廊下へ出て、さっと寝室へ行くと、パジャマを着て、まだ肌寒い時期だ、紺色の半纏《はんてん》を羽織って戻った。

玉のれんをじゃらじゃら鳴らして居間に入り、

「むかしは一緒に風呂に入って、合の手入れてたじゃないか」

だいぶ間の空いた、民謡の話を新平は平気でつづけた。「やっしょ～まかしょ～、とか、えんや～どっと、えんや～どっと、とか」

「あ！　歌ってた、それ！　えんや～どっと、えんや～どっと」

建二は久しぶりに思い出したのだろう、はっ、としたような、なつかしそうな顔をした。「なんだっけ、それ」

「斎太郎節《さいたらぶし》。大漁唄い込みのな。宮城の民謡だって」

「さいたらぶし……」

「建二、ちょっと歌ってみな」

「なにを？」

「えんや～どっと、えんや～どっと」

「あ、はい」

命じられるまま、えんや～どっと、えんや～どっと、と建二が歌うと、

「くり返して！」

新平が言った。

えんや～どっと、えんや～どっと、
えんや～どっと、えんや～どっと、

「まつしま～の、さ～よ～、ずいがんじほどの」

建二のくり返しにかぶせて、よくのびる、いい声で新平が歌う。

「あ～こりゃこりゃ」

自分で合の手まで入れ、

「てら～も、ないとえ～……っての。これが斎太郎節」

切り上げて、説明した。

「あっ、そうだ！　それだ」

建二も納得したように、ぽん、と両手を合わせた。「あ～こりゃこりゃ、も私が言ってた！」

「だろ」

「さいたらぶし、っていうのね。えんや～どっと、えんや～どっと、って、最初に私がくり返して歌うんだよね。そこにお父さんが入るの。まつしま～の、って」

「思い出したか。そう。建二と俺の、息がぴったり合っててな」

「そうだったんだ……って、やめてよ、子供にへんなこと教え込むの」

「ふん、おまえが歌いたいって言ったの。なあ、ママ」

新平は妻のほうを見た。入れ歯を外した口で、英子は小さくあくびをしている。「民謡おしえて、お父さん、ぼくにも民謡おしえてよ～、って、建二がしつこく言ったんだよな、子供のとき。お風呂場で、おちんちんぶらぶらさせて」

「言わないって。そんなの。おかしなものなんて、ぶらぶらさせてないし」

建二が鼻の頭にしわを寄せて、げっひん、と小さくつぶやいた。「ね、ママ、私、そんなこと言わないよね」

「言った」

こちらもいいタイミングで英子が答えたから、九十代の両親と、五十代の息子（自称娘）は楽しく笑った。

これはこれで平和な時間だろう。

「たまには一緒に風呂でも入るか」

「入るわけないでしょ！」

建二は素早く言うと、

「じゃあ、私、そろそろ帰るね」

やはり風呂が済むまで、英子の相手をしてくれていたようだ。すぐに立ち上がった。

見れば、取り込んだ洗濯物も、もう畳んである。

「おまえ、次、いつ来られんだ」

新平は玄関まで見送った。

「いつって……なんで？」

「事務所のパソコン、こっちで使いたいんだ」

そういう話になっていたかどうか、よく思い出せないまま新平は言い切った。

本人の中では、しっかり考えてから口にしているつもりだったけれど、そこまでの話の流れと無縁なのに、なんの前置きもなく言い切るから、新平の発言は、周りにはいつも唐突に響いているようだった。なに、お父さん、急に、とか、なんだい社長、藪から棒に、と言われるのが常だった。もっとも、新平のことを社長と呼ぶ人間にも、久しく会わなかったが。

パソコンに関しては、多くて週に一、二度しか足を運ばなくなった事務所に置くよりも、自宅にあったほうが、なにかと便利だろうと新平は前から思っていた。

事務所を片づけるとか、貸しに出すとかより先に、パソコンだけでも、さっさと持ってきてしまったほうがいいかもしれない。

「ハチミツを注文したいんだよ。大きいサイズのやつが、このへんのスーパーにはなくてな」

「ふーん。ハチミツ」

なんだか含みがありそうに建二は言った。

「こっちに持ってきたら、また、インターネットの接続だか、設定だかが必要なんだろ？　それを建二にやってもらいたいんだよ」

「そんなの、雄ちゃんにやってもらったらいいじゃない」

三男の愛称を建二は口にした。

「雄三なんて、あてになるか」

新平は心から言った。甘い親なりに、さすがに学習と分析はしている。「家の車、ずっと好き勝手に使ってんだから、たまにはパソコン運ぶのくらい手伝えって、雄三に何回も言ったんだよ。

そしたら、はい、お父さん、わかりました、って、そのときの返事だけはいいんだけど、いざとなったら、あ、今日はダメです、の繰り返しでさ。もっと早く言ってくれればよかったのに、とか、でも、パソコンをうちに持って帰っても、Ｍａｃの設定は建兄にしかわかりませんよ、とか、ひどいときは、もう少し寝ます、とか、どうぞお一人で、とか。バカバカしいったらないぞ。じゃあ今すぐ貸した金返せ、二二〇〇万円全額だ、って詰め寄ったら、正座して、下向いて汗かくだけでな」

「え？　少し増えてない？　お父さんの貸してるお金」

「どうだったかな」

「それに、あの車って、もしかしてずっとお父さんが維持費を……？」

「当たり前だよ、あいつに払えるもんか。俺なんか免許とっくに返納してんのに、税金も保険料も全部俺、車検も」

「あっまいね～。壊れたら新車に買い換えるんじゃない？　お父さんが」

「そんなわけ、あるか！」

新平は気色《けしき》ばんで言う。

「結局、今まで、雄ちゃんのこと、ずっとそうやって許しちゃったんだよね。もうしょうがないね」

　自分も好き勝手をしている次男が、父親を責めるというより、ちょっとなぐさめるように言った。ここはもうそういう家なのかもしれない。

「じゃあ、なるべく早めにまた来るから。ママと仲よくね」

「ああ。連絡してくれ」

「はい、はい」

淡いピンクのセーターをだぼっと着た建二は、了解したふうに笑顔で言った。

3

水曜日は訪問看護師さんが訪れ、英子の体調をチェックしてくれた。

体温。血圧。血中酸素濃度。

胃瘻の様子、床《とこ》ずれや皮膚炎がないか。

その間も英子によく話しかけているのは、意識や喋る能力に、変化がないかを見ているのだろう。

「いつも、ありがとうね」

お茶を飲んで行くように声をかける新平にも、介護していて気になる点がないか、夜はよく眠れているか、新平自身もつらくないかなど、明るく訊ねてくる。

動きやすそうなズボン姿で、トイレや入浴など、身のまわりの介助をしてくれるホームヘルパーさんたちと服装の差はなかったけれど、きっと資格の有無で、できることが違うのだろう。
中郷《なかごう》佳代《かよ》さんという、香港のカンフースターのようなしゃれた髪形をしたその看護師さんが帰ると、孝史が二階から降りて来た。

いつもだいたいそんな感じだけれど、人の出入りをもっと嫌うかと思ったほどには、医療関係者やヘルパーさんには、あまり苦手意識がないらしい。

やはり親切だからだろうか。

一方で新平は、意外にも他人への警戒心が強かったから、女性と話すのが好き、という趣味的な理由ばかりではなくて、彼女たちが家にいる間は、なかなか外出することができなかった。

「お父さん！　私がいるから、安心して出かけてきてよ。散歩でも、買い物でも、ゆっくりしてきて！」

一番親しいホームヘルパーの大石さんに声をかけてもらっても、

「いや、今日んとこはなーんも予定ないから、いいよ。それより、○○のやり方、そばで見させて」

などと言って、すぐ首を横に振った。

ましてや介護の現場に立ち会わなくていいようにと、事前に合カギを渡すとか、置き場所を決めて教えておくとかのやり方は、新平の感覚ではありえなかった。

看護師さんやホームヘルパーさんたちが訪れる予定は、新平が自分で手書きの表を作り、彼女たちの名刺と一緒に、食卓の上、透明なビニールクロスの下に挟んである。

彼女たちの訪問が終わってからが、その日の新平の活動時間だった。

「五時に宅食が届くってから、それまでには帰るから」

新平は留守を長男にまかせると、ひとりで事務所の様子を見に行くことにした。

三月に入って一度寄ったきりだったから、おそらく十日ぶりくらいだろう。

三寒四温とはよくいうけれど、その気温差がずいぶん激しい時期なので戸惑ってしまう。上着すらなく外を歩ける日がつづき、いよいよもう春かと思っていると、翌日は雪が舞って、真冬の気温を記録とニュースが報じている。

今日も前夜からの雨が残っていて、肌寒かった。

「春雨じゃ、濡れて行こう」

ニット帽をかぶり、ジャンパーを羽織った新平は気取ったけれど、春雨にしては、ずいぶん厚着な侍だった。

しかも、歩けば思いのほか大粒な雨が顔に当たる。

すぐに玄関へ取って返して傘を持ち、自宅から事務所まで、十五分ほど、小雨の中の散歩になった。

そして自分が建てたアパート、「あすなろハイツ」に着くと、新平は目を細めて建物を見上げた。

気づけば、もう雨は止んでいたようだ。

外壁のタイルが、きれいなパールピンクに輝いている。

最初に建てた家も懐かしいが、建て替えてアパートになってからだって、もうずいぶんな年数になる。たぶん三十年近く。そろそろ元の家の年数を抜く頃かもしれない。

傘を閉じて、ふわっと漂う雨のにおいを嗅ぎ、分厚い塀に守られた通路に入る。

「さて。どこから手をつけるかな」

一〇一のドアを開け、ワンルームの中を見回すと、新平は声に出した。


事務机。応接セット。ＡＶラック。

テレビ。ビデオデッキ（ベータとＶＨＳ）。ステレオ。

本棚。茶簞笥。得意先からいただいたタカの剝製。

ほかに、いかにも持て余しているものとしては、使わなくなったゴルフバッグ。バッテリーが劣化して、ほとんど吸わなくなった充電式の掃除機。それから一人暮らしをあきらめて家に出戻ったとき、雄三が捨てずにここへ持ち込んだマットレスやクッション、邪魔な紙袋がいくつもある。

むかしみたいに、たとえ月に一回か二回だとしても、住民が誰でも粗大ゴミを出せる日が決まっているならよかったのだけれど（あのサービスは一体いつなくなったのだろう）、今は一つ一つ申請して、それぞれに代金のシールを貼ったうえ、指定された日を待たないといけないから面倒くさい。

今の新平のように、たとえば部屋一つを片づけようと考えれば、公共機関の収集では、なかなか追いつきそうにない。準備した粗大ゴミを出すまでに、新たな粗大ゴミがどんどん増えてしまうだろう。

新平は事務机に向かうと、パソコンを立ち上げた。

まずは、区の粗大ゴミ収集のページを確かめる。

アイロン、アイロン台、アコーディオンカーテン、アタッシュケース、編み機、アンテナ、衣類乾燥機、イーゼル・キャンバス……。

今ちょうど手元に持っていなければ、なんでわざわざこんな品目をリストに入れたのだろうと不思議に思いそうな細やかさで、料金と支払い方が記してある。料金は八百円（二百円のＡ券一枚、三百円のＢ券二枚）といったふうに。

井戸用ポンプ、井戸用モーター、薄型テレビ、ウインドサーフィンボード、ウインドファン、植木・植木鉢、ウエストマッサージ器、ウォーターベッド……。

中には引き受けてもらえないものや、出し方に一定の注意が必要なものも挙げてあるようだ。だいたいの相場はわかったけれど、結局、捨てるものをきちんと決めてから、その都度このリストに当たるほかなさそうだった。

一回に申し込めるのは十個まで、とも書いてあったけれど、アパートのゴミ置き場を利用するのでは、一度にそれほど大物を並べることもできそうにない。

やはりコツコツと、時間をかけた仕分けが必要そうだった。

老いた自分がする、これもひとつの、人生の終わりへの作業なのだろう。

日が暮れると自動で灯る廊下の電球も、前はいちいち脚立を出して新平が取りかえていたのだけれど、さすがにしょっちゅう訪れて、そんなことをしている時間の余裕もない。

二年ほど前、電器店に頼んで、全部を長寿命のものに交換してもらった。

これで自分の命があるあいだは、もう廊下の電球が切れることもないだろうと思うと、通路の屋根を見上げ、少しホッとしたのを覚えている。

時刻を確かめると、まだしばらくは好きに過ごせそうだった。

パソコンの隅にも時刻は表示されていたけれど、長年の癖だろうか、金色に縁取られたクラシカルな置き時計を見てしまう。金婚式の記念に夫婦で作った時計で、裏には日付と、ふたりの名前が入っている。

パソコン上で趣味の写真の整理をすると、以前、わざわざ見に行った、池袋の変わったビルの外観写真が何ショットもあった。壁面のいたるところに彫刻やレリーフが施されている、とにかくデコラティブなビルだった。それをまとめて「建物」のフォルダに入れる。

梵寿綱《ぼんじゅこう》、という建築家の作品だった。

あらためて調べると、その人物が設計した不思議なビルは、早稲田や方南町《ほうなんちょう》にもあるということだった。

「早稲田か」

新平は通りに面した窓を見た。

距離からすれば、ここからさほど遠いわけでもないのだけれど、早稲田にはずいぶん足を運んでいない。

4

桜の満開を聞いてから、最初のデイサービスの日だった。

妻の英子を送り出すと、新平は息子ふたりにあとを任せ、これまでのニット帽を、今年はじめてのハンチングに替えて出発した。

椎名町から西武線で池袋へ出て、そこからＪＲで高田馬場へ。黒川《くろかわ》紀《き》章《しょう》設計の四角いビル、ＢＩＧ ＢＯＸを久々に見上げて、二番のバスに乗った。

しばらく坂をのぼって、少し下り、左に曲がれば、ほどなく早稲田大学の正門前に着く。

最後に大学のそばまで訪れたのはいつだっただろう。

建二の入学式のときだったか。

バスから降りると、通りの向こうに、すでにそれらしいビルが見えた。ひと目でまわりのビルとは雰囲気が違う。

一方で、バス停のこちら、手前の大隈講堂の側には、みんなが同じような、カーキ色のトレンチコートに身をつつんだ若い女性が十人、十五人ほどいる。

新平は一旦そちら側に引き寄せられるように戻ってから、横断歩道を渡り、やはり思い描くコースを歩いた。

大学の施設や大隈庭園の桜にも興味はあるけれど、まずは予定通り、梵寿綱氏の建てたビルを見学しよう。

通り沿いの植え込みに、梅の木が並んでいる。

赤、白、ピンク。

三色の花が、同じ幹から伸びた枝にきれいに咲いている。

世間は桜の季節だから、梅としては遅咲きなものだろう。たしか赤と白の花が一本の木に咲くのは、想いのまま、という品種ではなかったか。

以前、湯島天神の梅まつりで見た覚えがある。

ピンクは赤白の混じったものかもしれないが、一つの木から、三色が好き好きに咲いている。

結構いいものじゃないかと新平は思った。

それを自分の三人の息子に重ねる気は、毛頭なかったけれども。

想いのまま。

想いのまま、か。

大正の末に生まれて、昭和に育ち、青春期を戦争とともに過ごした新平からすれば、自由でなくてどうする、という思いはつねに心のどこかにあった。

自由にさせすぎたか、結局、と好き勝手をする三人の息子を見てため息をついた日がなかったとは言わないけれど、でも自由でなくてどうする、ともよく思った。

自分たちは、不自由な時代をたっぷり生きてきたのだ。

あれは全然よくなかった。だから自分の責任が取れる範囲で、みんなが好きに生きたらいいと思っていた。


ドラード和世陀《わせだ》は、角地にある雑居ビルだった。

白い外壁に並ぶ窓。デコラティブで、円《まる》みを帯びたフォルム。屋上に円形のペントハウスが立っている様子は、海をわたる豪華客船の上の部分を、この地に移築したもののようにも見える。

一階にはいくつか店舗が入っているようで、まずはしゃれた看板を出して、男性専用ヘアサロンが営業していた。

その先に大きな丸い窓がはまっていて、なお船を思い出させる。白い外壁には、ところどころ、凝ったレリーフのほどこされた色とりどりのタイルや、幾何学模様のタイルなんかもはめ込まれているけれど、新平の感覚では、とてもその規則性は説明できそうになかった。遠くからＵＦＯが飛来して、目印にするようなビルかもしれない。

道の折れるあたりに、エントランスの口が開いている。緑色のモザイクタイルの壁に、コンパスのような絵と、ＷＡＳＥＤＡ　ＥＬ　ＤＲＡＤＯの金文字がある。足もとには、モザイクアートで、ベロを出す顔が描かれていた。

はっ、こりゃ、いいや、と新平は感心した。

自分の会社では、きっと施工したくはなかっただろうが。

タイルの顔を踏みつけにしないよう、避けて進むと、すぐにアートショップのドアがあったので、中を覗かせてもらう。先がギャラリーになっていて、つながっているようだったから、そちらもゆっくり見させてもらった。若い裸婦のイラストがあり、とてもよかった。

「この建物、何年くらい前からあるの」

戻って、アートショップの人に訊くと、一九八三年に建てられたものだということだった。

「あ、そう。ありがとう」

礼を言って、入った側のドアから出た。

一九八三年か。

確か建二が、一浪して早稲田大学に入ったのがそれくらいだ。

その頃に、このビルが建ったのか。

きっと当時から目立ったに違いない。

アートショップを出れば、左がいよいよ住人のエントランスになっているようだった。新平は迷わず、そちらへ足を進めた。

もし中に入ってほしくなければ、ここから先、住人以外の立ち入り禁止、とどこかへ記すだろう。

そんな身勝手な理屈も一瞬で忘れるほど、住人のためのエントランスは、ますます謎に満ちていた。

やはり確かめてよかった。

ほの暗い空間だったが、明かり取りのステンドグラスから、巨人のもののような、大きな手のオブジェがぶら下がっている。ガラスにハスの花の絵が描かれているところからすると、お釈迦さまの手なのだろうか。

床には、足指のモザイク画。壁には遺跡の壁画のように、目玉、鳥などの断片が描かれている。さらに天井を見上げれば、サクランボかりんごみたいな球体が、長い棒に刺さっているように見える。

住人用のポストは銅製で、一戸一戸、ふたを飾った動物のレリーフのかたちが違っている。蛇、ウサギ、ネズミ、龍……干支《えと》かもしれない。

はーっ、と新平は舌を巻いた。

その先はオートロックになっていたから、今日のところはこれまでだろう。

よし、とうなずいて、新平は素直に引き返した。

大学の正門前に戻ると、ゆるゆる歩き、通りに面して、色とりどりの看板が並んでいるのを眺めた。

入学式が近いのか、終わってすぐなのか、新入生に対して、大学の部活動への参加を呼びかける立て看板だった。

探検部。ラテン・アメリカ協会。オーケストラ。国際問題研究会。

部ではなくて、サークルというのだったか。建二は大学では、オカルトの研究会に入っていた。その頃まで、オカルトがずっと好きだったのだ。

さっき大隈講堂の前にいたような、トレンチコートの女子学生が三々五々歩いている。これから就職活動なのか、入学してすぐなのか。どちらにしろ、九十二歳の新平が抱く感想は同じだった。

「若いな」

いずれ近いうちに消えゆく自分たちと、まったく違う生命力と未来を感じ、新平は思わずつぶやき、また目を細めた。

きっと家族に子があれば、そうやって自然と次世代へ命をつなぐ覚悟ができるのだろう。

ただ、その家族が頼りないまま、いつまでも親離れをしないせいで、なぜか全員で揃って老いてゆく。

それが今の明石家という気がした。

新平はこの先の予定をもう考えていたけれど、その前に、まずはどこかでコーヒーを飲もうか。おいしいコーヒーを一杯飲んで、それから次の場所を目指そうと思った。

ちょうどいい具合に、ひなびた佇まいの喫茶店がある。壁に記された文字によれば、一階がｃｏｆｆｅｅとｂａｒ、二階が麻雀荘になっているらしい。隣のビルよりも、がくんと低い、むかしの二階建て商店の造りだった。

たまたま姪と同じ名前だったのにも親しみを覚え、新平はその「早苗《さなえ》」という店でコーヒーを飲むことにした。

第三話　妻の笑顔（二）

1

大学前の「早苗」という喫茶店で、さっぱりとした、口あたりのよいブレンドコーヒーをゆっくり味わっていると、奥にいた女性たちが席を立った。

若い女性客、三人づれだった。それぞれに、はっきりとした明るい色の服を着て、新平の脇をさっと通り過ぎて行く。

紳士のたしなみとして、ずっと目で追うような不《ぶ》躾《しつけ》な真似はしなかったけれど、思い思いの、どちらかといえば凝って見える髪形をしていた。

なんと呼ぶのか新平にはわからなかったが、一人は片耳の上だけ、きれいに髪を刈り上げていた。さっきバス停のそばで見た、揃って同じ色のコートを着て、同じように長い髪を真っ直ぐ垂らした女性たちとは、年の頃は似ているのに、ずいぶん印象が違う。

やはりあの講堂の前にいた一群は、まだ初々しい新入生か、これから社会に出ようとする、就職活動中の学生だったのだろう。

あの大学の学生なら、今の彼女たちのほうが、ずっとふさわしい気がした。はるか昔に通っていた建二が、長く好き勝手をしているせいで、いっそう思うのかもしれなかったけれども。

「ごちそうさん」

新平はコーヒーを飲み終えると、不思議と晴れやかな気持ちになって店を出た。

もともと、派手めの女性が好みだったからかもしれない。

思えば、妻の英子だって、あの当時、郷里のM町では目立つ存在だった。

きょうだいの多い農家の娘が、姉を頼って東京で暮らし、女学校を出て戻って来たのだ。目抜き通りの郵便局で、電話交換手をつとめていた。

「英子ちゃん、すっかり垢抜けちゃって。本当、東京の娘っ子みたいだ～」

英子とは小学校で同級だった妹のさとえが、一度うっとりと、映画スターの来訪でも目にしたように喋ったことがある。「あんちゃんなんて、町でバッタリ会っても、見とれて一言もしゃべれないっぺ」

「ふん、そんなことはあんめえよ。若松《わかまつ》の英子だろ？　ちょっとくらい見た目が変わったって、英子は英子、中身まで変わるもんか」

きょうだいの多い者同士、昔は長い休みなんかに大勢で遊んでいた。かけっこをしたり、虫採りをしたり、川遊びをしたり、木《こ》っ端《ぱ》を集めて芋を焼いたり。若松というのが、英子の苗字だった。「けど、そんなに東京でキレイになったっていうんなら、俺が一回見てやっから、さとえ、こんど英子をうちに連れてきてみろ」

「わっ、かあちゃん、大変だ！　あんちゃんが色気づいた！　若松の英子ちゃんと付き合いてえって！」

十代半ばにもなって、さとえはそれくらいのことで大騒ぎすると、母親のいる裏庭へ向かってバタバタと走って行った。きっと自分自身が思春期で、恋愛への関心がずいぶん高まっていたのだろう。

そのくせ、下にまだ大勢いる弟や妹の世話を一番に引き受けていたから、うまく年頃の異性と知り合う機会がなくて退屈だったに違いない。

かわりに一つ年上の新平に、あそこの娘はどうだ、この娘があんちゃんに興味があるみたいだ、等々、縁談めかした話を持ちかけては反応をうかがい、楽しんでいる様子だった。

もちろん、新平だってそれくらいのことはすぐわかったし、あまり妹の遊び道具になるのも面白くなかったから、いや〜興味ねえな、俺はまだ修業中の身だかんな、と、いつもはあっさりかわしていたのに、どうしてだろう、そのときに限って、軽口ながらも前向きな言葉で応じる気になった。

東京から戻ったという若松英子への興味が、きっといくらかはあったのだろう。

そういえば一度、帰省中に姿を見かけたことがあったけれど、新平が声をかけると、途端に顔を赤くして、照れたように逃げてしまった。

あの英子が一体どう変わったというのか。

もっとも、新平は棟梁である父親のもと、跡取りの長男として、大工見習いの真っ最中だったから、色恋にかまけている余裕がないのは本当だった。

もともと体格がよく、目鼻立ちもくっきりとした新平のことを、幸い地元の若い娘たちはよく好いてくれたから、逆に今すぐ誰かを恋人や婚約者として選ばなくてはいけないと慌てる気持ちもうすかった。

女にとっては結婚の適齢期に近くても、男にはまだ早いといった年頃でもあったのだろう。

これまで好意を寄せてくれた子のうちでは、牛飼いをしている家の娘が、一番愛くるしく、気立てもよさそうだと、新平は心のうちで、ほんのり思っていたくらいだった。

「あんちゃん。かあちゃんが、英子ちゃんはやめろって」

はしゃいで走って行ったさとえが、しゅんとして戻った。

「なんで」

「あれは気取ってるって」

新平は、はっ、と笑った。何年か東京で暮らして帰っただけで、気取っている、と断じられるような町だった。

英子と再会したのは、それからすぐだった。

母親に釘を刺されたさとえは、一向に彼女を家に招いてはくれなかったけれど、

「次は若松さんちの改築、頼まれてっから」

ある日、急に父親にそう言われて、新平は面食らった。寡黙で酒好きな父は、酔うとそれなりに陽気になったものの、口下手なのにかわりはない。苦手意識がきっとそうさせるのだろう、たとえ仕事のことでも、あまり先の予定を伝えるのを好まなかった。前の仕事の終わりが見えて、ようやく次の話をぽつりとするくらいだった。

若松家を訪れた最初の日、早番で仕事を終えたという英子が、みんなのお茶の支度をしてくれた。

年頃の娘らしく、ぴん、と指先まで美しく伸ばした上品なふるまいを、気取っている、と思うこともできたのかもしれない。ただ、新平はすっかり見とれてしまったし、そのすきにふっと見せた、昔なじみの懐《なつ》こい表情にも心をつかまれた。

恋しい、と気づきながら、英子の家を訪れる毎日は楽しかった。

彼女の帰りが遅く、姿の見えない日がつづくと胸苦しくもあったけれど、英子のほうも新平の姿を見つけると、頬を光らせて近寄ってきたから、きっと両想いだろうと新平は思った。

そして家の改築が進むにつれて彼女との仲が深まり、やがて休みの日に連れだって出かけるようにもなった。

「気に入らないね、あの娘は。うちには入れらんないよ」

長男可愛さで、いつまでも英子に対して敵意むき出しの母親のことは、

「いいって。俺が結婚する相手は、俺が決めっから」

そのたびに軽くいなしたけれど、折悪く激化した戦争に飲み込まれ、新平は二年間、大工の修業を休んで工場で働き、さらには徴兵されて、熊本で終戦をむかえた。

戦後、再開した大工修業でケガをした新平は、療養中に覚悟を決め、家業を放り出すと、また東京へ出た英子のあとを追って、郷里のM町を捨てた。

今追いかけなければ、英子はよその男と所帯を持つに違いないと、そのときばかりは新平のほうが思い詰めていた。

いざ結婚をし、新平が建設会社を興し、どうにか羽振りのいい時期を迎えると、それまでの反動なのか、それが本性というものなのか、思った以上に英子ががめつく、金に執着し、しかも気《き》位《ぐらい》が高いと知って、新平はたびたび閉口することにもなるのだったが。

もし牛飼いの娘とM町で暮らしていれば、どれほど違う人生になったのだろう。

2

交差点の向こうに、馬にまたがり、大きく弓を引いて構える武将の銅像が立っている。

勇ましいその流鏑馬《やぶさめ》の像に目をやりながら新平は横断歩道を渡り、正面の赤い鳥居をくぐって

穴八幡宮《あなはちまんぐう》に入った。

十いくつかの段を登った先を、少し行くと、さらに石の鳥居があり、そこからまた長い階段を登らなくてはいけない。

数えると、三十段と少しあった。

新平は一旦足を止めて考え、この段数なら登れそうだと判断して足を踏み出した。

家では毎朝長い体操をし、暇を見ては健康器具で足腰を鍛えている。

さらに言えば、ずいぶん体重が減ったとはいえ、もとは真ん丸だった妻の英子を、始終支えてベッドから車椅子へ、車椅子からトイレ、そしてベッドへと、移動の介助をしていた。

毎日、十分な運動量だろう。

新平は階段をきっちり登り切ると、よし、とうなずいた。朱色の立派な随神門《ずいじんもん》をくぐり、布袋《ほてい》様《さま》の袋から水が流れる手水舎に寄り、あうんの口をした狛犬のあいだを通って社殿に参った。

福の神に由来した、一陽来復の御守りを授けることで知られた神社だった。本来、金運アップや商売繁盛の祈願に訪れる人が多いとは承知していたけれど、近ごろはどこにいても、妻の健康を第一に願ってしまう。

新平はきちんと頭を下げて、手を合わせた。

戻り際、新平にはめずらしく、狛犬に目を留めた。

ツノがあったり、犬だったり、獅子だったりと、神社ごとに違いがあるとは聞いた覚えがあったけれど、そこの狛犬は正面から向かって右の、「あ」と口を開けた一体が足もとに鞠《まり》を置き、向かって左、「うん」と口を結んだ一体が足もとに小さな狛犬を置いていた。

それは子どもなのだろうか。新平には親の狛犬が子を踏みつけているようにも、子を足もとに置いて、大切にまもっているようにも見えた。

満開のしだれ桜をたっぷり見物して穴八幡を出ると、新平は高田馬場のほうを目指して歩いた。お目当ての店はずいぶん駅に近いほうだったから、もし疲れたら途中でバスに乗ればいいという気持ちだったけれど、久しぶりの景色を眺めて、ここいらはこんなに中華料理店が多かっただろうかと思ううちに、ほぼ目指す界隈までたどり着いていた。

もう少し下れば、正面から見て波形になった屋根が面白い、古い映画館が左手にあるはずだった。

そのあたりの路地を右に折れる。

そこには以前、建二と来た、ハンバーグのおいしい洋食店があった。かなり昔、食欲はまだガッツリ系男子だった建二に連れてこられて以来、近くに用があるとよく足を運んだ。

とにかく新平の好きな味だった。

それは新平には懐かしい思い出だったけれど、建二にはそうでもないらしい。

「やめて！　私がワセジョだったころのことは言わないで！」

一度、きっちりと文句を言われた。

「なんだ、ワセジョって」

「早稲田の女子学生」

「かっ。くだらねえ」

と新平がすぐ笑うからかもしれない。


ランチタイムの洋食店は混み合っていたけれど、幸いうまく席の空きができた。

厨房の正面、テーブルがちょっと広めのカウンター席に腰かけた新平は、日替わりランチのハンバーグを注文した。運がいい。オニオンリングを添えたハンバーグが、ちょうど日替わりのメニューだった。

ビーフステーキに牛肉生姜焼き、カツカレー……他にも食べてみたい料理はあったけれど、やはりここはハンバーグだろう。建二に教わってはじめて食べたときの味が忘れられず、ここに来るとどうしても頼んでしまう。ランチがオニオンリング添えなのも、たぶん同じだった。

日替わり以外にも、ランチのハンバーグには二種類あって（チーズとジャンボ）、お店の看板メニューなのは間違いない。今日はせっかく散歩に出るのだから、ここでハンバーグを食べようと、出かける前から心に決めていた。

鉄板で提供される料理があちこちでじゅーじゅーと音を立て、ソースの焼けるいい香りがする。長男の孝史が高校にほとんど行かずに中退したあと、あんなに息子の教育に熱心だった英子の情熱は一体どこに消えたのだろう。

　建二の大学受験には、とくに熱心だった記憶はない。

「いいから、高校出たら現場について来い！　でいいんじゃないの、社長」

「勉強なんかさせたって、なんも意味ないよ。手に職、手に職」

「建築科に行くわけでもないって？」

「息子を大学に、って奥さんの見栄っしょ。孝ぼんは家庭教師ばっかり何人も替えて、すっかり勉強嫌いになっちゃったのに、こりないね〜」

　仕事終わりでアルコールの入った職人たちに何度も言われ、

「いいの！　うちのことは、ほっといてくれ」

　新平はよく言い返した。いかにも英子が建二を大学に行かせたがっているように周囲は見ていたようだったが、建二が勉強したいなら、大学でも専門学校でも行けばいい、遊ぶ金の面倒までは見られないけど、学費は出すから、と伝えたのは、他でもない、新平だった。

　それは、いかにも父親らしいことを言ってみたかったのが一つ。

　もう一つには、明石建設の経営に、大きなかげりが見え始めたからだった。

　もし二代目を目指して仕事を覚えても、この先いいことはないかもしれない。実際、会社の経営状況が逼迫《ひっぱく》しだしたのはその頃からで、ほどなく従業員すべてを解雇する羽目になったのだから、無理に会社へ引っぱらなかったのは正解だったのだろう。

建二はその騒動にぎりぎり巻き込まれないタイミングで、一浪して大学に入ったわりに、進路を途中から大きく変えたようで驚いたけれど、男一匹だか女一人だか知らないが（恋人だかパートナーだかもいるようだったが）、今もどうにか生活できているのならなによりだろう。

「うん、うまい」

やがて届いたハンバーグを食べ、新平は思わず声に出した。

熱々でボリュームたっぷりなのに、肉がきめ細かで、口に入れると、さらりとしている。

付け合わせにコーンとフライドポテト。

オニオンリングは、サクッとした歯ごたえに甘い玉ねぎがジュワッとして、そこにデミグラスソースがからまって、これまたうまい！　ザクザクの、粗《あら》めの衣の食感を楽しみ、またきめ細かなハンバーグを味わう。

味噌汁はネギとワカメのたっぷり入った豚汁。お皿に盛られたライスも、かなり量は多いが、きっと食べきれるだろう。

「うまいな、これ……」

もう一度、新平は声に出した。間尺に合うかどうかはわからなかったが、はるか昔、建二をこの街の大学へ通わせたから、今、ここで絶妙なランチを味わっているのだと思うと少し愉快だった。

3

元ワセジョだった次男が、ようやく家までパソコンを運べるというので事務所で待ち合わせた。

「なんだ、また仕事が忙しくなってきたのか」

「うーん、仕事はボチボチだけど、ここのところ、みーちゃんを病院に連れて行ってるから」

「なんだ。病気なのか、ネコ」

「やめて、そんな雑な言い方しないで」

紙なのか布なのかよくわからない、少しごわごわしていそうな、大きな青い手提げを建二は床に置いた。

先に着いて机の上を片づけていた新平は、〈明石建設〉の、古い名入りの封筒をごっそりとゴミ袋に捨てた。ばさっと、何十枚も束で。

「え〜、捨てちゃうの、もったいない」と建二。

「は？　とっといてもしょうがないだろ、こんな封筒」

会社を畳んでから二十年以上、捨てずに取っておいた新平が言った。「少しずつでも進めておかないとな、整理」

建二は流しで手を洗っていた。

「本、好きなの持ってっていいぞ」

建二が戻るのを待って、新平は言った。すでにスチール戸棚の前に立ち、口調はほぼ命令だった。

「本？　って、それエロ本じゃない」

「売っていいぞ」

「えー、売れないでしょ、そんな古いの」

「バカだな、愛好家がいるんだよ」

スチール製の棚の中には、いやらしい本がぎっしりと詰まっていた。段によっては、並んだ本の奥にも、二重、三重になって入っている。

「よくためたよね、こんなに」

「まあな」

「本当にこんなの、ほしい人がいるの？」

「愛好家な。いる」

俺みたいな、という言葉を飲み込んで新平は言った。「でも、売れないやつは、捨てなきゃしようがないな」

「なんだ、やっぱり捨てるんじゃない」

「売れないやつは、な」

「もうよくなったの？　こういう本。さすがに枯れた？」

建二は言いながら、ふいになにか閃《ひらめ》いた顔をした。「あ、わかった！　今は家によく女の人が出入りしてるから、わざわざ本なんて見なくていいんでしょ。めったにここに来なくなったのも、そのせい？　わー、こわ、老人の性。こわい」

なんだか、とんでもないことを口にしながら建二は身を震わせた。

家に出入りする女の人というのは、おそらくホームヘルパーや看護師の女性のことだろう。もちろん新平は、彼女たちにいやらしい気持ちを持ったことはない。

ただ、お話が楽しいだけだった。

新平は戸棚から無造作に取り出した一冊の写真集を、建二に手渡した。『ＣＬＵＢ２２６』というタイトルの、「魅惑のヤンママヌード集」だった。

「ママである前に美しい女でいたい」と帯に書いてある。

「バッカじゃない？　なんでこんなの買ったの？」

つい受け取ってしまったことを後悔するように、狛犬のような顔で建二が言った。表紙に四人のママたちが、ごく大人しいスタイルのヌードを披露している。

「しかも、この本、たっか！　三八〇〇円」

裏を見て建二が言った。「なに、これ。ＣＬＵＢ２２６ってどういう意味」

「知らない」

「知らないって……」

その写真集を返そうとする建二を、新平は押しとどめた。

「だから、売っていいぞ、それ」

「どこで？」

「ブックなんとかでもいいし、ネットのオークションみたいのでも」

「え〜、そんなのこそ、雄ちゃんに頼んでよ、専門家なんだから」

「あいつは全然趣味が違うんだよ、しかも役に立たない」

新平は言ったが、もちろん建二こそ、その世界とは無縁だろう。「高いんだぞ、それ。おまえの好きに売っていいから……それを、今日のバイト代にしてくれ」

「それ、って、これ？　やめてよ。こんなもので払わないで！　バカじゃないの？　私にとっては、価値ゼロ円どころか、マイナス十万円くらいだから。今までの、あんこのお金のほうが、ずっとまし」

なにか用事を頼んだあと、新平がお気に入りの和菓子を持たせようとすると、この家は、あんこが貨幣よね、と建二はよく笑ったのだった。

べつに今もそれは変わっていない。ホームヘルパーさんや看護師さんにも、ちょっとお世話になると、新平はすぐにお礼のお茶菓子を持たせようとする。こういうの、規則でダメなの、と断られることがほとんどだったが。

「ねえ、ここのことなんだけどさ」

ほっぺたを自分のてのひらでぽんと叩いて、建二が言った。気取った手つきに見覚えがあると思ったら、それは若い頃の英子の仕草だった。「やっぱり、このままにしておいたら？」

「は？　まだその話か？　おまえ、結構しつこいな」

建二が紅茶をいれると言うので、新平は勧められるまま、ソファにどっしりと座った。紅茶をいれる手つきも、建二は気取っている。

「だって、この部屋がないと、お父さん、アパートの掃除に来ても、こうやって休憩もできないよ」

「いや。俺は休憩なんてしないから」

スティックシュガーを二本入れ、スプーンでくるくるかき回してから、新平は紅茶のカップを口に近づけた。

「また、そんな極端なこと言って……大人げない」

新平はさすがにこの年になって、大人げないと言われるとは思わなかったが、口にした次男のほうも、そのおかしさには気づいたのだろう。

自分でもくすっと笑う。

「うちから歩いても、十分？　十五分？　くらいだろうけど、やっぱり行き来は大変じゃない」

「いや、大変じゃない」

新平は首を振った。紅茶をもう一口飲む。「歩けなくなったら、もう終わりだから」

「どうせ、エムエムの女の人に勧められたんでしょ。もう一部屋、貸しませんか〜って」

「そんなんじゃない」

「なにさん、だっけ」

「よしたけさん」

エムエムという不動産仲介の会社にいる、三十代の営業の女性だった。ショートカットで丸顔の、ぽちゃっとした人だ。

その人に勧められて、賃貸の五部屋のうち、二部屋をエムエムの仲介物件として、家具つきで貸し出している。空きの期間がないよう、間借り人をよく見つけてくれるし、家賃保証やその住人へのケアも請け負ってくれるから、大家として確かにありがたいのだけれど、毎月、家賃から少なくない額を家具のリース代として取られている。

正直、うまみは少なかった。

「家具つきにするんじゃないの？」

「いや、それはしない」

新平が首を横にふると、ふーん、と建二は言った。

「でも大変だよ、ここ、片づけるの。物がいっぱいで」

「だから、ちょっとずつやるんだって」

新平は短い休憩を終えると、パソコンの電源コードを抜き、家から持ってきた、グリーンの荷造りひもで、大きく縛った。

「ひ、ひも？」

建二は驚いた顔をしたけれど、好きにさせるしかないと思ったのか、注意めいたことは口にせず、

「パソコン、その青いＩＫＥＡのバッグに入れたらいいからね」

と言った。

ああ、と新平はうなずいた。そのための袋だったか。

どうりで中が空っぽだと思った。


建二がパソコンの袋を持って外に出た。

「なんで、私がお父さんのエッチな検索のために、こんなことまで……」

文句を言ったところにちょうど人通りがあり、建二は慌てて口をつぐんだ。事務所の中でならともかく、外で「エッチ」なんて、よく声に出して言ったものだ。

タクシーを拾おうと思っても空車は見つからず、仕方なくそのまま歩いているうちに、結局、椎名町まで着いてしまった。

途中、「お父さん、待って〜」と建二が二回くらい大声で呼んだので、そのときだけ新平は足を止めて待った。

家に帰ると、役立たずの三男が居間にいて、

「あ、お父さん、孝兄とお母さんのお昼ご飯は、ぼくが作って食べさせましたから。安心してください」

と得意げに言う。

「あ、そう」

新平は答えた。得意げだけれど、きっと冷凍食品か、トーストを焼き、ウインナーをフライパンでコロコロ炒めたのだろう。

雄三がそれ以外に、なにかを作っているのを見たことはない。

居間には雄三と、車椅子の英子だけだった。孝史は二階に上がったのだろう。めずらしく、ふたりで話をしていたのだろうか。

新平は妻の前に行き、長年の習慣通り、「ただいま」「おかえり」のあいさつをかわした。

……よし。今日も妻の様子に変化はない。お互い年を取って、昔よりほんのちょっと、やり取りの間が空いているだけだ。

「パソコン、どこに置くの？　寝室？　二階？」

遅れて入って来た建二が言う。肝心の荷物は、ひとまず廊下に置いてきたようだった。

「二階の、ママの衣装部屋。元のお前の部屋な」

「了解。あそこが、お父さんの新しい秘密基地になるのね。ねえ、エッチな動画見るときは、ボリュームに気をつけてね」

建二がからかうように言ったので、ふん、と新平は笑った。前に建二と事務所で待ち合わせているのをすっかり忘れ、そんな現場を見られたことがあった。しかもヘッドフォンをしていたのに、コードがすっぽり抜けていたのだった。あれは確か、ビデオではなかっただろうか。

「雄ちゃん、やってあげて」

そろそろバトンを渡そうかという表情で、建二が弟に頼んでいる。この家のインターネットには、雄三の契約しているＷｉ‐Ｆｉというのでつなげばいいらしい。

「いや、Ｍａｃはちょっとわからないし、ぼくはもう出かけるんで、健姉、お願いします」

白い無精ひげを生やし、きたない雪だるまのような顔をした雄三は言い、やはりすぐに逃げた。

「ほらな。役に立たないだろ」

新平が言い、うん、と建二が笑いながらうなずいていると、一旦二階に上がった雄三がドスドスと戻り、

「これ、パスワード」

アルファベットと数字の長い列を書いた紙を、ぺたんとテーブルに置いてまた出て行った。

「じゃあ、二階に持って行く？　パソコン」

建二に訊かれ、

「ここでも使えるか？」

新平は訊いた。

「ここ？　使えるよ」

ちょっと不思議そうに、建二が食卓を見回す。

「それで、あとで二階に持ってくこともできる？」

「両方で使いたいってこと？」

「そう」

「全然、大丈夫でしょ」

その答えを聞いた新平は、さっと立ち上がって廊下へ出ると、パソコンの入った青い袋を自分で運んで来た。

袋から出し、ほぼ無意味だった荷造りのひもをほどく。

「あ、気をつけて！」

あわてて手をそえようとする建二の力など借りずに、二十何インチのパソコンを、よいしょっと持ち上げて食卓にのせた。世間では新平のような、老いてなお気力と活力にあふれた老人を、スーパーシニアと呼ぶらしい。

コードのないキーボードとマウスを前に置き、パソコンの電源コードを、ちょうど近くにある延長コードのタップにつなぐ。

　電源を入れるのは、手慣れたいつもの作業だった。

　そこからインターネットにつなぐまでの設定は建二にしてもらう。やがて見慣れた「ブラウザ」というものが開いたので、

「はい……もういいぞ」

　せっかちな新平は言い、建二には退いてもらった。もちろんいやらしい検索をするときには、二階の衣装部屋に運んで使うつもりだった。

　でも、まずはここで使ってみよう。

　いつも決まった時刻になると、テレビの前に英子の車椅子を移動しているけれど、毎回そればかりでも、きっとつまらないだろう。

「よし、今日はこれ見るか」

　九十二歳にして、仕組みは一切わからないなりにそんなことの得意な新平は、パチパチ、パチパチとキーボードをたたき、マウスをクリックすると、ＹｏｕＴｕｂｅを全画面にし、民謡の動画を流す。

　モニターの見やすい位置に、妻の車椅子を据えた。

　でででで、どぅるるんるんるん。

　でででで、どぅるるんるんるん。

津軽三味線の跳ねるような伴奏にあわせ、

あ〜〜あ、おくにじまんのじょんが〜ら節よ、

金沢《かなざわ》明子《あきこ》が歌い始めると、自分も詩吟を習い、芸事の好きな英子は、頬と目を輝かせ、ずいぶんうれしそうに笑った。

第四話　妻の持ち分

1

「あすなろハイツ」の一〇二号室で、住人が亡くなっていると連絡をもらったのは、事務所だった一〇一号室をリフォームしているときだった。

新平からすれば、何ヵ月もかけて中の荷物を片づけ、ようやく空っぽにし、あとは職人に任せてホッとしていたところだ。

亡くなって少し経つようですが、という警察からの知らせに、

「ああ、そう……」

新平は絶句気味に答えることしかできなかった。

ご遺体を見つけてくれたのは訪問介護のヘルパーさんで、持病のある住人から合カギを預かっていたらしい。

しばらく本人と連絡が取れず、訪ねてドアを開けたということだった。新平はつねづね感心していたけれど、本当にホームヘルパーという仕事は大変なものだ。とてもとても、誰にでもでき

るようなものではない。

すぐに警察へ知らせて実況見分をしてもらうあいだに、一〇一で作業をしていた職人が加わり、警察から新平の自宅に電話がかかったのだった。

あるいは自分が事務所を片づけているあいだに、隣室ではもうその人が亡くなっていたのかもしれない。リフォームの直前、最後のゴミ捨てのときには建二もいたはずだけれど、隣の話題になった覚えはない。少なくとも新平は、そんな気配はまったく感じなかった。

まだ更新時期を一度も迎えていない、男性の住人だった。病弱とは知らなかったけれど、高齢とは聞いていた。

新しい入居希望者を知らされるとき、仲介の不動産屋からは、年齢を気にしないかよく訊かれる。

そんなとき新平は、

「家賃さえ払ってくれれば、年齢はいくつでも構いませんよ」

いつもはっきり答えるようにしていた。

それが本心だったし、年寄りといっても、なかなか自分たちよりも上ということはないだろうと思っていた。

事実、一〇二号室の住人は老人だったけれど、新平や英子よりは、はるかに若い。明石家の末の妹よりもまだ若いくらいだった。

大家さんはご高齢だから、という配慮があったのかなかったのか、別段その場に立ち会うことも求められず、新平も好んで駆けつけたいとは告げなかったから、まずは報告だけ受けて電話を切った。

急いで不動産関係のファイルを開き、一〇二号の住人から緊急連絡先として教わっていた番号にかけると、翌日には大阪からお兄さんが出てくることになった。

家賃などの未払いがあれば精算し、部屋に残された荷物も、全部自分が片づけますとお兄さんは言い、実際、仲介の不動産屋を通じて、その通りにしてくれたようだった。

新平がおっとり現場へ到着したのは、もうとっくに騒動が収まってからだ。

「長田《おさだ》さん、悪いけど、こっちの部屋もクロス貼り替えてくれるか？」

一〇一を任せている長田という職人に持ちかけると、引き受けるというので新平はさっそく条件を決めた。冬のことでまだよかったとしみじみ語り合った。

新平は、十月で九十三歳になった。いくら自信家でも、自分の限界はそろそろわかっている。できないことは、人に任せればいい。

今の新平は、自分の足で歩くことと、妻の世話を焼くことで精一杯だった。

一〇二号の部屋の前で、ただ亡くなった住人に手を合わせた。

年が変わり、平成三十一年になっても、ひとまず明石家に大きな変化はなかった。

英子は相変わらずにこにこと新平に身の回りの世話をされていたし、長男が急にひきこもりを脱して働きはじめることも、三男の事業が上向いて、みるみるうちに、とはいわないまでも、順調にこつこつと借金を返済しているという様子もない。

「お父さん、ちょっとご相談が」

「は？」

ただ、三男の金の無心を、大声一つで遮るのだけは、新平は確実にうまくなった。

自称長女の次男は、この家の問題点をあれこれ指摘するのは得意だけれど、いつも批評する立場にいて、新平からすれば、口うるさいばかりで役に立たないのは他のふたりと大差がない。頼めば確かにあれこれ手伝ってはくれるものの、自分から率先して、すべてを背負ってでも立て直そうという覚悟や気概を持てないものだろうかと嘆かわしくなる。

そもそも家族の一員という意識が薄いのかもしれない。いつも問題は、老いた父親まかせだった。

「ていうか、お父さん、その服って、もう三十年くらい着てない？」

たまに顔を合わせれば、そんなからかうような指摘ばかりする。それが建二だった。

「そうか？」

「セーターもシャツも、ずっと着てるよね」

「じゃあ、新しいの、買ってやれ」

新平は、ふん、と笑うと、得意の言い方をした。

三兄弟がまだ小さかった頃の話だ。

新平は子供たちが起きている時刻に帰宅すると、居間の籐椅子にどっかと座って足を投げ出し、

「お〜い、靴下ぬがしてやれ」

と、よく命じたのだった。朝は、はかせてやれ、だ。爪は、切ってやれ。

働き盛りの、昭和のお父さんらしい口ぶりだったが、よその家で同じようなやり取りがあったかどうかは知らない。

もちろん、正しくは「靴下ぬがしてくれ」と頼むべきところだろうが、家長たる者、十歳になるかならないかの子供らにお願いなどしたくはない。妻に対してさえ、メシ、風呂、寝る、の三言で済ませる夫がいるとも言われた時代だった。新平はダンスホールでツイストを踊るのが好きで、ひそかにアメリカンな、自由な家風に憧れていたから、妻の英子の希望は、なるだけ聞くように心がけていたのだったが。

ただ戦前の実家では、長男としていつも優遇されていた記憶もあり、「ほら、新平あんちゃんに○○しておあげ」と母が本人に代わって弟や妹に命じるのを、新平は心地よく耳にしていた。

だからべつに郷里の方言でも、本来の実家の言い回しでもない、不思議な命じ方をするようになったのかもしれない。

「お〜い、靴下ぬがしてやれ」

と新平に命じられて、すぐに応じるのは建二だった。

もともと三人のうちで、一番、父親になついていたこともあるのだろう。英子が長男の孝史にかかりっきりだったぶん、新平はなるべく建二に気を配るようにしていたし、家にいる金魚やメダカ、小鳥や犬といった小動物の世話を飽きずにするところも、同じタイプの新平からすれば好ましかった。

神経質な長男は、父親の足に触れることも嫌っているようだったし、自分に甘い三男は、いつなにを頼んでも、今ちょうどごはんを食べているところだとか、テレビのジャイアンツ戦を見ているのにだとか、すぐに自分の都合を口にした。

その点、こまごました作業と、ちょっとしたおふざけの好きな建二は、父親の靴下を脱がすのを楽しんでもいるようだった。毎回、建二が飽きずに応じていたから、新平もその呼びかけをつづけていたところはあったかもしれない。

「やめろ、のびる」

靴下の先っぽを力任せに引っぱって、新平に叱られると、建二がなお嬉しそうだったのをよく覚えている。

2

「ちょっと来てくれ」

建二を家に呼び、全員で家族会議をしたのは二月だった。

アパートについての話、という議題だったから、雄三も興味があったようで、いつもみたいに急な予定を理由にいなくなることもない。財産の相続でも期待したのだろうか。めずらしく襟のあるシャツを着て、なぜかきちんと無精ヒゲも剃り、つるんとこざっぱりした顔をしていた。

夕飯時、小さなブーケとケーキ、助六とまぐろの寿司折りをさげて建二が訪れたので、お吸い物はインスタントのものにして、すぐに食事と会議をはじめた。

妻はまぐろの寿司といなりが好きなので、新平が建二に頼んで買ってきてもらったのだった。

「誰がやるんだ。アパートのこと」

太巻きをつかんでかぶりつくと、新平は言った。「掃除とか管理とか、そろそろ誰か代わってくれ」

「俺は、無理」

孝史は言うと、ぷいと横を向き、手づかみでいなりを口に押し込んでいる。

「管理って……お金のこともですか」

雄三が低い声で言い、ぐいと身を乗り出した。

「いや。そっちは俺がやるから。業者との連絡とか、そういうこと。お金以外の」

新平が訂正すると、借金まみれの三男は、

「ああ」

とうなずき、途端に興味をなくしたようだった。

割り箸を手に、ん？　と首をかしげながら、寿司折りをじっと見ている。

「建姉、お寿司はこれだけですか」

「うん。お父さんに頼まれたの、買ってきたよ」

「サーモンとか、トロは？　あとホタテ」

「雄ちゃんが食べ過ぎるから、そういうのはいらないって。おいなりさん、食べたら？」

建二は気取った手つきで箸を割ると、まぐろのお寿司をちょんと醤油につけて、口に運んでいる。

「いや、ぼくはおいなりさんはちょっと」

「まぐろは？」

「トロじゃないと」

雄三が首を振って、ふう、とため息をつく。

「誰もやらないってことか」

ため息をつきたいのはこっちだと思いながら、新平は言った。「建二、おまえ、やってくれるか」

やってやれ、ではなく、やってくれるか、だった。

「え」

唐突な指名に、建二は戸惑ったようだった。「私？　ここに住んでないのに？　どうして？　アパートにだって近くないんだけど」

「大して遠くないだろ。板橋なら。べつに、毎日来いって言ってるんじゃない、月に二回くらい、仕事の空いてるときにでも、ちょちょっとまわり掃いて、ゴミが落ちてたら拾ってくれたら、それでいいから」

去年の末まで、事務所の片づけをたびたび手伝ってもらい、アパートの管理をまかせるなら、やはり建二だろうなとは思っていた。

「それって、アルバイト代とか出るの？」

「なんだ？　おまえも金なの？」

まさかここからも金をせびられるのかと新平は呆れ、慎重になった。「いくらほしいんだ」

「う〜んと、掃除だけなら月一万円。格安でしょ」

「高いな。五千円」

「え〜。ケチだなあ」

「月一回でいいから、掃除」

「月一回か」

言いながら、建二はその条件にうなずきかけ、それから首を振った。「でもトイレも使えないのか。あそこ行っても」

「うちまで我慢したらいい。それか、どこかコンビニで借りるんだな」

「ていうか、掃除したって、手も洗えないんだよね、部屋の中にしかないんだから、水道」

「水道は、外にも蛇口つけたらいいじゃないか。子メーターつけて」

「子メーター？」

無理、というふうに、建二が首を振る。なにをもって無理と断じているのか、専門家の新平にすれば逆にわからなかったけれど、この思いつきの提案は、場所、費用、管理等、いろんな意味で、実現までの検討課題は多そうだった。

「仕方ないな。建二ができないなら、掃除は近所の奥さんにでも頼むか」

もう一つ考えていた案を、新平がぽそっと口にすると、

「誰のこと？　近所の奥さんって」

建二があきれたふうに笑った。「やめて。昭和じゃないんだから」

「平成だって、近所の奥さんくらいいるだろ」

かなり高齢だったが、何人か候補が思い当たる新平は言い返した。平成どころか、あと少しす

れば天皇陛下が退位して、新元号になるという話だった。

　ぎりぎり大正生まれの新平には、人生で四個めの元号になる。


　お金や相続の話ではないとわかってがっかりしたのか、まぐろのにぎりと太巻きを一つずつ、つまらなそうに食べると、

「ぼく、ちょっとこれから仕事があるんで。ここで失礼します。健姉、ゆっくりどうぞ」

　雄三が席を立った。外で背脂たっぷりのラーメンでも食べてくるつもりかもしれない。

「ダメだな、ありゃ」

　引き留めもせず見送ってから、新平は首を横に振った。「あいつに不動産のことは、まかせたくないんだよな。なにか悪いことに使いそうで」

「なにか悪いこと」

　建二が言葉をくり返して笑った。

　一〇一と一〇二のリフォームに関しては、最終的に建二も立ち会って、仕上がりの確認をしてもらっていた。

　事務所だった一〇一の最大の工事は、出窓を掃き出し窓に替えることで（事務所なら出窓でよかったけれど、賃貸に出すなら、掃き出し窓のほうが、すぐ外に洗濯物を干せて便利だった）、昔なじみの紹介で、長田という職人に来てもらったのだった。

本職は大工だったけれど、クロスの貼り替えまで、全部一手に引き受けてくれるという。六十代後半、肩幅が広く、腕の太い男だった。

「クロスの貼り方が雑！」

というのが、部屋の仕上がりを見た建二の感想だった。

こことここが浮いてるだとか、ここに三角のすき間があるだとか、新平には目の届かない、ずいぶん細かな指摘をして、

「ああ、わかりました！　俺がタダでやり直せばいいんだろ」

ついには長田が声を荒らげたほどだった。

解散後、本職じゃない職人にクロスの貼り替えを頼んだことで、今度は新平まで叱られ、さらには一〇二号室で人が亡くなったことを、

「いいだろ。わざわざ教えなくても。そんなの」

ご遺族とのやり取りを頼んだ一軒以外、なじみの不動産屋にも知らせたくないと考えていることを告げて叱られ、「お父さん、信用できないから」と、その日のうちに、建二に不動産屋に連れて行かれた。

そこで一〇一と一〇二、二部屋の仲介を依頼し、一〇二の住人が室内で亡くなっていたことを仕方なく伝えていると、よほど頭に来たのだろう、まだ日も暮れないというのに、明らかに酔っ払った声の長田から、新平の携帯に電話がかかってきた。

「社長に言われるならともかく、建築もやってない、ど素人に文句つけられるのは納得いかない。あの、ひらひらの、お花屋のニューハーフの息子に替わってくれ」

　ということだったので、言われたとおり、ひらひらの次男に新平が携帯電話を差し出すと、しばらくわんわんと文句を言われた様子の建二が、

「もういいですか？　今、不動産屋さんにいるんで」

　と冷静に通話を切ったので感心した。

「こんなところで渡さないで！」

　と、新平は携帯を押し返されたが。

　相変わらず正論できつく責めてくるところと、自分だけは批評する立場にいるような顔をするのが気になったけれど、三人の中でアパートを任せるならやっぱり建二、と新平があらためて思ったのはその出来事のせいもあった。

「ま、とりあえず見習い的にやってみてくれ。不動産屋のこととかも、全部まかせられるようなら、もう少し謝礼払うから」

　まぐろのにぎりを妻に食べさせながら新平が言うと、

「もう。そうやって人をうまく手下に使うのが、お父さんの長生きの秘訣かもね」

　余計な憎まれ口を一つ叩いてから、うん、わかった、と建二はうなずいた。

3

いつも自分勝手で、すぐ行方知れずになる。ふらりふらりと、ひとりで散歩にばかり出かけていると妻には言われ、浮気も疑われた八十代の新平だったけれど、実際は夫婦の健康のことを考えて、たびたび英子を外に誘っていた。

「あんたもちょっとは外歩かないと、すぐ動けなくなっちゃうよ」

それを断っていたのは妻のほうだった。

仕方なく演歌のコンサートや食べ放題のバスツアーを見つけては、チケットを取り、連れ回すようにしていた。

氷川《ひかわ》きよしや吉幾三《よしいくぞう》、藤《ふじ》あや子《こ》なんかの歌を聴き、コロッケのものまねショーを見て、千葉のマザー牧場でジンギスカンを食べ、山梨でぶどう狩りもした。

久しぶりに妻を誘う気になったのは、去年の暮れだっただろうか。

新聞の下のほうに、大きな広告を見つけたからだった。わりと近くで開催される演歌のコンサートで、車椅子用の席が〈あり〉と書いてあった。

「行くか、これ」

広告を見せて英子に訊くと、

「……行く」

とうれしそうに答えたので、新平が電話をかけ、その森昌子《もりまさこ》のコンサートのチケットを取ったのだった。

いよいよ、その公演の日が来た。

『せんせい』と『おかあさん』、あとは『越冬つばめ』くらいしか曲は知らなかったけれど、歌は上手いし芸達者だし、きっと楽しめるだろう。

「あら、今日はデートなのね。お母さん、よかったね」

ホームヘルパーの大石さんにも頼んで、英子にキラキラのラメ入りの服を着せてもらう。おしろいをはたき、口紅もさしてもらった。

「お父さん、若い頃の写真見ると、池部《いけべ》良《りょう》に似てるもんね」

いいな、いいな、デートいいな〜、と盛り上げてくれる大石さんの言葉に、

「……そう?」

英子は首をかしげて、

「にてないよ」

と笑っている。

「三國連《みくにれん》太郎《たろう》。三國連太郎って言われてたの、俺は」

調子よく新平が話に加わると、

「三國連太郎かあ」

と大石さんが応じる。「うーん。それより池部良っぽいけどな」

その古い名前にこだわるあたり、四十代だという大石さんの自己申告は、嘘なのかもしれない。新平からすれば四十も五十も、六十代だって同じようなものだから、いちいち気にしないでうなずいていたけれども。


介護タクシーを呼んで会場へ行き、係の人に案内され、十分にコンサートを楽しんだ。

合間のコントは楽しかったし、歌は抜群に上手い。『越冬つばめ』は、やはりいい曲だった。

帰りのタクシーも手配してあったから、少し疲れたがよい一日になった。


夜、甥のたけひろ君から連絡があり、ずっと中止になっている明石家の兄弟会を、今年こそは再開したいという意見があるんだけれど、おじさんはどう思う？　と訊ねられた。

「そりゃあ行きたいけど、うちはもう行けねえなあ。英子は車椅子だし、俺はその世話があるし」

残念だけどな、と自分にも言い聞かせるように新平が言うと、

「いやいや、おじさんに来てもらわないと、兄弟会にならないって、うちのおやじなんか言うんだわ」

「しげるが？」

「そう、あんちゃんがいねえと、なんも始まらないっぺよ、って」

「あ、そう」

嬉しい話だ。若い頃に飛び出した郷里だったが、地元のなまりはやはり懐かしい。胸にじんわり沁みるものがあった。

「ただね、兄弟会って言っても、さすがにそろそろみなさん、お年だからさ、うちら子ども世代、いとこ会も一緒になって、旅行したらどうかなって思ってんだわ」

「いとこ会か」

それがいつ結成されたかは知らないけれど、確かにその世代が中心になって話を進めてくれたほうが、まとまりはよさそうだった。

「うちのやつらは、親戚で旅行するとも思えないけどな。どいつもこいつも、自分勝手で」

「だったら余計、留守番だって頼めるじゃない」

さすが、子ども世代の出世頭。たけひろ君の話には説得力がある。

ひとまず彼にまかせて、計画を進めてもらうことにした。

たけひろ君が大学に入って上京したのは、バブル景気とうたわれた昭和六十年代だったか。はじめての東京暮らしで心配だからと、

「あんちゃん、頼むよ、面倒見てやって」

彼の両親、つまり新平の弟、しげる夫妻から下宿のカギを預けられたのだった。ちょうど椎名町からもほど近い、要町《かなめちょう》のアパートだった。

「お義姉《ねえ》さん、悪いけど、たまに様子見てやってね」

という依頼をどれほどのものと受け止めるか、今であったらもっと距離を取るべきところだっただろうが、その頃の感覚では少し違う。

若い男の一人暮らしだ。折に触れ夕食に招き、部屋を散らかしていないかと定期的に確かめ、おかずの差し入れをし、簡単な掃除くらいしてやるのが親戚に頼まれた者のつとめと新平は思ったし、同じように英子も考えたようだった。

結果、忙しい経理の仕事の合間、英子は肉屋のコロッケやポテトフライなどを買っては甥っ子の下宿を訪ね、事前の連絡や、ドアの呼び鈴の押し方なんかもどんどん雑になり、今はいないと決めた時間帯ともなれば、すぐに合カギを使う。

「開けるわよ～」

と声をかければましなほう。大きくドアを引き、やがて彼が全裸の女性と抱き合っているところに踏み込んでしまい、お互いに気まずいまま、きっと大家さんにでも頼んだのだろう、ドアに補助カギをつけられることになった。

4

　二階のパソコンでしばらく調べ物をしてから、じゃらり、と玉のれんを鳴らして居間に入ると、雄三が英子と顔を近づけ話していた。

「なんだ、いたのか」

　見ると、手に小さなクマのぬいぐるみを持っている。

　おかしな裏声がちらっと聞こえた気もしたから、ぬいぐるみと母親に会話をさせていたのかもしれない。雄三が昔から可愛がっている、ププ子ちゃん、という赤いクマだった。

　新平の前ではあまりおおっぴらには見せないが、英子とのあいだでは、よくそうやって意思の疎通をしていたらしい。

　妻が倒れてからは、お見舞いと称して、そのぬいぐるみと遊ばせていることもあった。

　たけひろ君と同い年、ということは考えても仕方がないのだろうが、なぜこんなふうになるまで放っておいてしまったのだろう。

　明石家の教育方針、新平の放任主義の失敗だっただろうか。

　……おかあさん、おこづかいちょうだい。

　雄三の操るププ子ちゃんが、そんなことを裏声で話している。

新平が驚いて雄三の分厚い体を見、それから妻の顔も見ると、意外にも楽しそうに、目を細めて笑っている。

ならいいか。

仕方ない。

英子が股関節を痛めて入院したときも、一体これのどこがそんなに頼れるというのだろう、いたいいたい、いたいいいたい、とひどく苦しむあいまに、ゆうちゃん、ゆうちゃーん、と何度も大声で呼んでいたと、同室の女性患者に新平は聞いた。

「ゆうちゃん……石原裕次郎《いしはらゆうじろう》ですかな」

と、新平は軽口で応じておいたが、もちろん三男のことだろう。

夫の自分ではなく、小さい頃あんなに愛情を注いだ長男でも、妄想に近い浮気話を熱心に聞いていた次男でもない。

新平は、ふん、と笑い、小さく首を振ると、今日の湯を張りにお風呂場へ向かった。


お風呂の湯がたまったと機械の女声が知らせてくれるころには、居間に雄三の姿はなかった。

階段の下から「お～い」と呼んだけれど、長男ともども反応はない。

妻がいろんなモノを置くせいで、いつだって階段の半分がふさがれていると新平は長く思っていたけれど、うどんやそうめん、どんこや昆布をせっせと消費しても、まだ階段の幅は広くなっていない。

　空いたスペースに、今度は雄三が、ネット通販で買ったものをつぎつぎ置いているようだった。箱の品名通りなら、スポーツドリンクや菓子、撮影のための機材もある。

「すぐ出てくっから」

と居間に妻を残すと、新平は素早く服を脱いで、お風呂につかった。

　ざぶん、とお湯があふれないよう、ちょうどいいくらいに湯量も調節してある。少し遅い時刻になったので、いつもの民謡は控えることにした。

　ここに家を買うとき、名義の半分を自分にしてほしい、というのが英子の希望だった。

　会社の景気がよかった頃で、そのぶん妻は毎日の経理の仕事に追われ、疲弊し、不眠を訴え、いよいよ住まいと会社を別にしたいと、発作的に建売住宅を見に行き、手付けまで打ってきたのだった。

　それまでは、会社の二階が自宅だった。

「半分？」

「そう、半分」

「べつに、それは構わんよ」

　赤く血走った目で言う英子に対して、新平はあっさり応じた。名義の問題よりも、建設会社の社長が、よその建売を買って住むことのほうにずっと抵抗を感じていたけれど、それだって多忙な妻の希望なら仕方がないとあきらめたくらいだった。

もとより夫婦の財産は、共有のものと理解していたし、万が一、離婚することにでもなれば、それ相応の財産が妻に渡るだろうとは覚悟していた。

その意味では、名義までわざわざ共有にしたいという英子の強いこだわりは、新平には無用な心配のようにも思えたけれど、英子のほうからすれば、つまりそれだけ夫への信頼が低かったのだろう。

いつか妻子を捨てて、他の女とどこかへ消えてしまうように新平は思われていたに違いない。実際、浮気の経験はいくらでもあるし、それどころか一度は一緒にやり直すことも考えた長い付き合いの女性だっていたのだから、妻が疑うのは当然すぎるほどだったが、たびたびその事実を突き止められた結果、英子はますます財産への執着を強くしたようにも思う。

よそに子どもを作らないようにと、浮気対策として当時ポピュラーだったパイプカットを命じられたのも、いずれ財産分与でもめるのを嫌ったからだろう。

その後も新平が不動産を登記するときには、決まって自分にも半分の権利を寄こすようにと主張したから、建て替えたアパートもその土地も、今ではきれいに妻と半分ずつの名義になっている。

「お父さん、呼びましたか」

すりガラスになった風呂場の戸に、山のような雄三のシルエットが映った。

「ああ。いてやって。下に」

「はい？」

「いてやって」

やはり聞こえなかったのか、雄三がドアを少し開けた。

「なんですか」

「いてやって。ママと」

そこまで言うと、ようやく通じたようだ。

はい、と答えてドアを閉めた。いてやって、という文に比べると、ママ、という単語は圧倒的に通りがいいのだろう。年相応に滑舌が悪くなっていても、ママ、と指示するのはまだできそうだった。

英子とのあいだに子供が生まれるたび、パパ、ママと呼ばせようと画策したのは新平だった。ちょうどその呼び方が、流行《はや》っていた頃だった。気恥ずかしいとか、日本人なのにとか、大人になってもそのままだったらどうするんだとか、そういう意見も世間でよく聞かれたけれど、本来お調子者で、ハイカラ好きな新平には気にならなかった。

「孝史、パパだよ〜。言ってごらん、パパ〜」

「建二、パパだよ〜」

「雄三く〜ん、パパだよ〜」

小さい頃から教え込もうと、長男から三男まで、ずっと言いつづけた。

クリスマスカードやお年玉にも、パパより、と必ず記し、

「あんちゃん、この、パパってあんちゃんのことけ？　じゃあ私らも、これから、そう呼んだらいい？　パパ〜。パパ〜」

新平の家で成人し、就職・結婚して巣立ってからも、ちょくちょく遊びに来ていた妹たちに、からかわれたりした。

からかわれるのは、子供たちがいくら教えても、新平を「お父さん」としか呼ばないからだった。

英子のことは三人とも「ママ」と呼ぶのに、新平はずっと「お父さん」だった。

住まいと会社が同じ場所にあって、やはりよそ行きの、きびしい顔を見せているのかもしれない。そう思って、用のない休日には、子供たちと積極的にふれ合う日、「アメリカデー」を設けてもみたのだけれど、それがどうも子供たちには評判が悪い。お父さんがいきなり抱きついてくる、こわい日としてだけ認識されていたようだった。

「アメリカデーだぞ〜」

新平が宣言すると、三人とも奇声を発して、我先にと逃げ出して行く。

「アメリカだ〜」

「アメリカが来た〜」

「アメリカきらい」

「アメリカやめて〜」

それで結局、新平は子供たちにパパと呼ばせるのをあきらめたのだったけれど、今でもときどき、たとえば建二に渡すメモやメッセージのカードなんかに、わざわざ「パパ」と記す。

未練がましく。

またはちょっとおちゃらけて。

または懐かしい気持ちで。

英子が「ママ」で、自分が「お父さん」になった理由は、今となれば、新平にもよくわかっていた。

それは夫婦お互いの呼び方のせいだった。

新平は妻のことを「ママ」と呼んだけれど、妻は新平をいつだって「お父さん」と呼ぶのだった。

第五話　妻の決断（一）

1

「あすなろハイツ」の一〇一と一〇二のリフォームを頼んだ長田という職人から、あらためて新平に連絡が入ったのは三月だった。

「社長、今、大丈夫？」

なにやらあやしげな儲け話でもあるかのような軽い口ぶりで電話をしてきたものだから、新平は固定電話の受話器をぐいっと握り直した。

確か最後に電話をもらったときにも、以前、文句を言われた部屋のリフォームを確認した日の話になった。

よほどその日のことは腹に据えかねたのだろう。明石家の代表として、新平といっしょにチェックに訪れた次男の建二について、主にその外見や、立ち居振る舞いの点からさんざんバカにしたように評したうえ、それではまだ気持ちがおさまらないのか、

「息子をあんなふうに育てちゃったんじゃ、社長も大した人間じゃないよな」

と、新平自身のことまで悪く言ったのだった。

ただ、新平だって、昔ながらの、荒っぽい職人の気質はよく知っていたし、一度は終えたつもりの仕事を、細かなクレームでやり直させられた気持ちも、まったくわからないわけではない。ならばその程度の悪態はつかせてやろうと、

「あ、そう。それよりか、早くこっちに工事費の請求書送ってくれよ。振り込むから」

とだけうながして、あとはきっちり当初の約束通り、一円の割り増し料金もなしに振り込んだのが付き合いの終わりと思っていた。

なのに、それからひと月以上も経って、

「社長、今、大丈夫？」

と明るく訊かれては、身構えるのも当然だろう。

「は？　なに」

「例の部屋はどう？　だれか入った？」

「例の部屋？」

しらばっくれるわけでもなく新平が聞き返すと、また、また、というふうに長田は笑った。

「中でじいさんが死んでた部屋だよ」

思い出させてやるよ、とでも言いたそうな下卑《げび》た調子で相手は告げ、ようやく一〇二号室のことを言っているのだと、新平は理解した。

「あの部屋か」

「入ったの？　だれか」

「いや、まだ」

元事務所だった一〇一号室は早々に入居者が決まったけれど、となりの一〇二号室のほうは、仲介を依頼してふた月ほど経っても空室のままだった。

「だろうね」

長田は得意げに言った。それを見越して、電話をしてきたのだろう。「でさ、社長。もしだれも入らないんだったら、俺が借りてもいいかなって思ってんだけど」

「あんたが？　なんで」

「ちょっと部屋を借りてやりたい女がいてね」

ふふん、と長田が笑う。対面していれば、きっとその場で片手の小指を、ぴん、と立てていただろう。

「ああ」

新平はうなずいた。

部屋を借りてやりたい女のために、中でじいさんが死んでいた部屋を用意するというのは、一体どういう神経だろう。

元来そういうことを気にしないタイプなのか。あるいは自身が施した清掃とリフォームに、よほどの自信があるのか。

どちらだろうと思っていると、なるほど、その二つとは違う、第三の理由を長田は口にした。

「月、……万円でどう」

相場の半分より、もっと安い金額を言う。

「いやあ、それじゃあ貸せないよ」

新平は即座に断った。

まったく想像したこともない条件だったので、つい半笑いになったのを、自分がバカにされたと感じたのかもしれない。

「なんだよ、あんたらは。中でじいさんが死んでるところも見なかったくせに。全部、人に処理させて、えらそうによ」

自分だってたまたま現場近くに居合わせただけで、ご遺体の処理に直接は関わっていないはずなのに、長田は捨て台詞《ぜりふ》を言うと、耳の遠い新平ですら、思わず顔をしかめるほど、大きな音を立てて電話を切った。

ほどなく建二から、任されたアパートの掃除をしたと連絡があったので、

「じゃあ、こっちに請求書送ってくれ」

新平は業者相手とまったく変わらない応対をしてから、

「なんで来なかったの。うちに」

こちらは父親らしく訊ねた。

「え、つぎの仕事があったから」

フラワーアーチストをしている次男は答えた。池袋に用があったついでに、急にアパートに寄ってくれたらしい。「一応、掃除前と掃除後の写真は撮っておいたけど。パソコンに送る？」

「いや、そんなのはいいよ」

と新平は言った。

べつに仕事ぶりを見張って、細かく確認したいわけではない。それに建二に関して言えば、そのへんは几帳面なタイプだろう。

かわりに長田からの電話と、親切めかした図々しい提案があったことを話すと、

「やだやだ。あんなクソ親父に愛人がいるなんて」

と自称長女の次男は、本当に嫌そうに言った。

直接やり合った感情的なしこりは抜きにしても、そもそもそりが合わない、真逆な二人なのだろう。リフォーム後の部屋をなめるように点検して、小さな汚れも見逃さずに指摘する建二に対して、簡単な汚れくらいなら、ぺろっと自分の指先をなめてこすり、その場で拭い取って済ませようとするのが長田だった。

建二によれば、あんなふうに安っぽい職人に仕事を任せてしまうのが、

「お父さんの、人を見る目のなさだから」

ということらしい。

「あ、そ」

と新平は笑う。まだ会社を経営していたころに、さんざん妻に言われたようなことだった。

「あと、リフォーム代がかかりすぎだよね。お金がいるからって、事務所を片づけて賃貸に出したって、あんなにお金かけたら意味なくない？　いつになったらプラスになるのかね」

見積もりの甘さも、どれほど英子に叱られただろう。新平はなつかしい気分になって、はいはい、と返事をした。

　それから電話を切りかけて、

「そうだ、あそこに行ったぞ。建二とむかし行った、早稲田の洋食屋」

　新平はふと思い出して言った。

「どこの洋食屋？」

「ハンバーグのおいしい」

「あ～、キッチン谷沢《たにざわ》！　なつかしい。まだあるんだ」

「あったな」

「なんで？　テレビかなにかでやってた？」

「いや、おまえの大学のほうに行ったついでに、ちょっと足をのばしてみた」

「やだ。お店なかったらどうすんの。いっしょに行ったのなんて、もう三十年以上前でしょ」

「あれから何度も行ったぞ」

「へえ、ひとりで?」

「そう。それに、なかったら帰るだけだろ。べつの店に寄るか」

「それはそっか」

建二が愉快そうに言う。新平の気ままな散歩術に、めずらしく感心してくれたようだった。

「おいしかった? 味、変わってない?」

「ああ、おいしかったな」

「ハンバーグ食べたの」

「食べた。あと、オニオンリングも」

「いいね。いつ行ったの?」

「ん? ……去年かな。春だな。ちょうど穴八幡の、しだれ桜を見たから。梅も咲いてたな。大学の校門前の通りに、赤、白、ピンク、三色の。想いのまま」

つらつらと思い出しながら新平が答えると、

「え〜一年前の話? 最近じゃないの? さすがに百歳近いと、お父さんも時間の流れ方が違うね」

電話の向こうの次男は、もっと愉快そうに笑った。「それからだって、何回も事務所で会ったじゃない」

「今、思い出したの。それにまだ九十三だぞ。百歳なんて、まだまだ先」

九十歳になってからの一年は、短いようで長い。ただ過ぎ去るのは相変わらず早いけれど、きちんと迎えようと思えば、なかなかに遠い日取りだった。

今日できたことが明日もできるとは、いくら自信家の新平でも、簡単には信じられない。

新平は建二との電話を切ると、ふん、と笑った。

2

長田が安く貸せと言った一〇二号室は、ほんの数千円だけ、ほかの部屋よりお得な家賃にして案内を出すと、その月のうちに借り手が決まった。

不動産屋からの報告によれば、入ったのは若い男性会社員だった。

前の住人が病気で亡くなったことも承知の上らしい。

新平は自分の正しい判断に、ふふっ、とほくそ笑んだ。うっかり長田の提案なんかに乗って、安い愛人部屋にされなくてよかった。そもそもそんなに案じなくても、ちょうど春先で、人の出入りの多い時期だった。

そして四月に入ると、この国の新しい元号が決まった。

「令和だってさ。令和」

発表の会見をテレビの生中継で見ながら、新平は横にいる英子に言った。

かすかに東北なまりのある官房長官が、まず口頭で読みを発表したあとで、係の男性に手渡された額を立て、墨痕《ぼっこん》鮮やかな漢字二文字を、得意そうに披露している。

「れいわ」

意外にはっきりと、妻はくり返した。

今日が何年の何月何日か、何曜日なのかを訊ねても、すっかり思い出そうとする努力をやめて、ただ笑顔で首をかしげるだけになって久しいのに。

新元号の二文字を、正面、左、右、と報道陣にゆっくり示し、たっぷり一分以上はカメラのシャッター音を無言で聞いてから、官房長官は額を係に戻した。それから決定までの経緯を話し、つづけて新しい元号の由来・出典を説明する。

「万葉集から、とったんだってよ」

その説明どおりに、新平はくり返した。梅花の歌、三十二首の序文にある言葉から引用したらしい。

もっとも、それ以上の細かい由来は聞いてもよくわからなかったし、英子だって、教えてもきっとわからないだろう。説明している官房長官本人だって、本当にわかっているのかどうか、あやしいものだ。

「今の元号は、わかってんの」

会見のほうはもう適当に聞き流して、新平は妻に訊いた。英子はやはり笑顔で首をかしげたけれど、

「昭和の次だよ。昭和の。次」

粘り強くヒントを出すと、

「へいせい」

と答えた。

「正解」

新平がうなずくと、べつにご褒美はなにもないけれど、ずいぶん嬉しそうに笑っている。

そういえば介護が必要になってからの妻は、それまでのイライラしたような険がすっかりとれて、だいたいがニコニコしていた。明け透けな建二なんか、「今のママのほうが、ずっと付き合いやすいかも」とまで言うくらいだ。

それが病のせいなのか、なにか薬の効果なのか、これまで好き勝手をしていた夫が、心を入れ替え、いつもそばにいるようになったからなのかは知らない。

ただ、同じように病に倒れたあと、むやみに怒りっぽくなったり、猜疑心《さいぎしん》が強くなって、やたら家族を責めるようになった老人の話なんかも耳にしたことはあったから、妻がそんな状態にならなかったのは、ずいぶん恵まれているのだろうと新平は思った。

官房長官の会見が終わると、長男が二階から降りて来た。

「聞いたか。新しい元号」

新平が訊くと、孝史は不思議そうな顔をした。すっかりラジオを聴いてから降りて来たのだと思っていたが、そもそも元号の発表があることも知らなかったようだ。

さすが平成の三十一年間、外のお金を一円も稼がず、ほとんど部屋に引きこもっていた長男だった。

母親の荷物持ちをしてお駄賃をもらうのが、唯一の仕事だったのに、今はそれもなくなっている。仕方がないので、かわりに用を頼むと、新平がときどき小遣いをやっていた。

「令和だってさ、令和」

新平は自分の顔の前に、人差し指で大きく文字を書いてみせた。

「れいわ」

と英子がもう一度言った。

妻なりに、繁華街で新聞の号外が配られるような、大きなニュースだとはちゃんと理解しているのだろう。

天皇が崩御して、その日のうちに「平成」と発表されたあの年とは違い、今回は退位にともなう改元だったから、発表された「令和」になるのは来月、五月一日からと決まっていた。

姪のさなえから連絡があったのは、その平成最後の一ヵ月の間だった。

「おじちゃん、じつはちょっと話があるんだけど」

久しぶりのさなえが、あいさつもそこそこに言う。

「は？　なに？」

「できれば一回会いたいんだけど」

「じゃあ、うちに来るか？　英子もきっと会いたがるぞ」

「うん、おばちゃんにも会いたいけど、話すのは、そこじゃないほうがいいんだよね」

と、さなえは少し困ったように言った。

新婚時代に夫婦そろって居《い》候《そうろう》し、さんざん世話になった英子の姉、すみれ姉ちゃんのひとり娘だった。

もちろん付き合いは深く、さなえ本人も、高校を出たあとは新平の会社で働いていた。事務員として来てもらったけれど、手のかかる盛りの、三兄弟の面倒をずいぶん見てもらった。

三兄弟のほうからすれば、少し年上の、きれいな従姉《いとこ》のおねえさんだったのだろう。三人とも、さーちゃん、さーちゃん、と呼んでなついていた。

「おじちゃんが外に出られる日があったら、昼間、二、三時間だけでも会えないかな。おじちゃん、ずっとおばちゃんの介護で、なかなか外食もできないでしょ。家まで車で迎えに行くから、ささっと、どこかでご飯でも食べながら話せたらいいかなって」

「ああ、それくらいなら。いつでも大丈夫だ。孝史は絶対にいるし、ホームヘルパーの人も、だいたい」

「そう？　なにか食べたいものある？」

「ん、俺はなんでもいいぞ」

「肉？　お寿司？」

「そうだなあ。昼だったら」

新平は考えて、答えた。「……そば」

3

さなえが連れて行ってくれたのは、日本橋のそば店だった。

「池袋にする？」

と訊かれて、

「日本橋」

と答えたのは新平だったけれども。どうせ車で出かけるなら、自分ひとりで、なかなか行かないところが好ましかった。

新婚時代に居候していたのは、すみれ姉ちゃんが借りていた小岩の家で、その頃のなじみもあって、隅田川沿い、日本橋の界隈にはときどき足を運んだ。室町《むろまち》にある、老舗のそば店にも、四人で何度か訪れたことがある。新平夫婦とすみれ姉ちゃん、それからさなえの四人だった。

一度、場所を移ったのは知っていたが、それから改装もしたのだろう。自動のドアを入ってから、がらり、と格子の引き戸を開けると、

「いらっしゃーい」

店員のお姉さん方が、声を揃えて出迎えてくれる。

よしずの塀が立つ、小さな中庭が向こうに見える。その庭に面した、素朴な二人掛けのテーブル席に案内されて、新平はどっしりと腰を下ろした。

いつもの「天ざる」を食べようと決めてきたから、お品書きはさらっと見ただけで、すぐに注文する。

さなえは少し考えて、季節のタケノコそばをちょうだい、と言った。

白いブラウスに、幅の広い、てろてろのズボンをはいたさなえは、年を重ねてもやはり美しかった。

すっと鼻筋が通り、目が大きい。

彫りの深い、美人の社員として、明石建設出入りの職人たちからは、いつも評判だった。その

うちの一人と結婚して、のちにその相手が会社を興したから、社長夫人としてずっと羽振りよく暮らしていた。高木《たかぎ》というその職人も他界し、広すぎる家は売り、会社も畳んでしまったけれども。

「おばちゃんだったら、絶対にそばがきを注文してるよね」

六十代も半ば近くになったのだろうか、さなえが懐かしそうに言った。

「好きなんだよな、英子は。そばがきが。家でもしょっちゅう、お湯でこねて食べてたよ。醤油と、おかかかけて」

「うんうん」

と、さなえは笑った。「ここのそばがきって、丸いのが、そば湯に浮かんでるんじゃなかった？」

「そうだな、たしか」

「天ざるも変わってるもんね」

「ああ、他では見ないからな、ああいうのは」

やがてその天ざるが、新平の前に届いた。

木目の模様が、山の等高線みたいに大きくうねったテーブルに、おそばののったセイロとつゆの器が、とんとんと置かれる。

よそで頼む「天ざる」とちがって、つゆが熱く、小エビのかき揚げが最初からつかっている。

きっと誤解する客も多いのだろう。

〈一品料理の天ぷらと、ざる・もりのセットではございません〉とお品書きにわざわざ書いてある。

ざるには、さらしな粉。もりには、挽きぐるみ等を使用しているということで、「天ざる」のそばは白く、冷水でよくしめてあった。

それをかき揚げのたっぷりつかった、大きな器のつゆにつけて、新平はつるるっと勢いよく吸い上げた。

かき揚げを割って食べ、また白いそばをつるるっ。

さなえの頼んだタケノコそばは、歯ごたえのよさそうなタケノコがきれいに並び、ゆでた菜の花がそえてある。あたたかなおそばだった。

「雄ちゃんがね、話があるって、うちの近くまで来たんだけど」

わりと上品な量のおそばを食べ終えて、口元をハンカチでぬぐってから、さなえがようやく話しはじめた。

「雄三って……。金か？　まさか」

「うん。そのまさか」

「ああ」

ちょっとそんな予感はしていたけれど、さすがに親戚に金を借りに行くほど、バカな息子ではないだろうと信じていた。

「絶対やめろ、って言ったのに」

新平は声を荒らげ、首を横に振った。前に何度も、釘を刺していた。「それでさなえ。お金、貸してないよな」

「うん、貸してない。断ったけど」

「よかった」

「でも……」

さなえは言いづらそうにつづけた。「それもふくめて、おじさんには内緒で、って」

「バカか」

新平は吐き捨てるように言った。残りつゆにそば湯をさして、ずずっと飲む。「いくら貸せって？　あいつ」

さなえがきれいな指を、一本立てた。

「百……」

さなえが首を振った。

「千！」

新平が驚いて言うと、さなえが大きくうなずいたので、

「嘘だろ」

今度は新平が、また首を横に振った。

「なにに使うんだ、あいつ。そんなに。だいたい、いきなり人に借りようとする額じゃないだろう」

「使うっていうか、借金の額が、とにかくすごいみたいよ。お金を貸してください、って雄ちゃん、すごい勢いで頭を下げて、でも、これからのことは、僕だって、ちゃんと考えてますから、さーちゃん、心配しないでください！　って、分厚い書類をくれたんだけど、それがちょっとよくない感じだったから、おじさんに報告しようかなって」

「書類？」

「これ」

と、荷物置きのバッグに手を伸ばしかけたさなえは、

「あ、お茶飲みに行く？　そっちで話そうか」

と言った。

4

車をべつの駐車場に入れ直して、新平とさなえは、大きな鰹節店や老舗うなぎ店の近くにある、「ミカド珈琲店」に入った。

「あ。おじさん。この階段、大丈夫？　ダメだったら、椅子はないけどあっちのテーブルか、どこかべつのお店に……」

さなえは不安そうに言ったけれど、そういうときの新平は、とにかく素早く動く。

手すりにつかまり、とっとと階段をのぼりはじめ、あっさりのぼり切ってしまうことで、姪の質問への答えにかえた。

二階の客席で、さなえはアイスコーヒーを頼み、新平はメニューにある、コーヒー味のソフトクリームを指さした。

届いたソフトクリームは、ずいぶん本格的なコーヒーの味がした。

おいしかった。それをスプーンにたっぷり取り、ゆっくりなめながら、新平はさなえが持ってきた書類をめくる。

雄三本人が、自分でワープロ打ちし、印刷した書類のようだった。

会社の現状と問題点。

今後の見込み。

会社名義と、個人名義での、それぞれ借入金と、今の返済状況。

借金減額のためのシミュレーション。

その他、改善すべき点と、好転が期待される事情といった項目もあり、いい加減うんざりしつつ目を細めて見ると、好転が期待される事情の第一番に、

一、資産相続（三年以内を想定）。

という文字が記されていたから、

「は？」

新平は思わず声と顔を上げた。

「それ、ひどいよね」

さなえが新平の手元を見ながら、同情するように言った。「でもね、資産を相続したら、アパートの管理を会社の事業にして、その社員として、長兄の孝史を雇用……とか、いろいろ書いてあるんだよね」

「あいつ、幼稚なんだよ、結局。家の金をぜんぶ自分の金だと思ってる、昔から」

新平は脱力して首を横に振った。「出資者の候補一覧に、さなえの名前もあるな」

「そうなの、それも困っちゃって。それで、おじちゃんに一回、よく相談しようかなって」

これまで自分や妻がさんざん引っぱられた家の金は、事業の負債にも、個人の借入金にも入っていない。

ただの、親からもらったお金のつもりみたいだった。

今から五十何年前、三男の雄三が生まれるとき、新平は地元産院の若い医師から、母体も子ども危ない状態だと告げられたのだった。

前置胎盤で出血が激しく、血が手術室の天井まで噴き上がっている。

「もうだめとなったら、お母さんとお子さん、どちらを助けますか」

医師に訊かれた新平は、

「どっちも助けてください」

と即答した。無理を承知で、とは付け加えなかった。

そして心の中で、絶対に助かる、絶対にふたりとも助かる、と祈っていた。

生きていればいい、もし生きていてくれれば、あとは俺が絶対に守るから、と四十歳の新平は心に誓っていた。

そしてどうにか生まれたのが、今では無駄に体の大きな雄三だった。

「困ったよ、あんなので。俺、お先真っ暗だよ」

新平は頼りがいのある姪に、ちょっと弱音を吐いた。

「どうしたらいい。本当に。さすがにもう面倒見られないって」

三男の作成した、甘っちょろい書類をめくりながら、コーヒー味のソフトクリームをスプーンですくい、ぺろぺろ、ぺろぺろなめる九十三歳の新平の弱音に、さなえはくすっと笑った。

日本橋のデパートで、さなえが新平と英子においしいおみやげをたくさん買ってくれ、それから車で家の前まで送ってくれた。

「おじちゃん、帰っても、あんまり怒らないであげてね。雄ちゃんは雄ちゃんで、自分なりに家族のこと、いろいろ考えてるみたいだから」

さなえは気づかってそんなふうに言ってくれたけれど、そんなはずがない。

「いや、顔を合わせたら、きちんと言ってやる。おまえのどうでもいい仕事で、親戚にまで迷惑かけるなって。さなえが教えてくれてよかったよ、ずっと知らずにいるところだった。あいつは、もうちょっとマシなやつだって、俺は何十年も勘違いしていたよ。本当にごめんな。さなえ。ありがとう」

走り去る車を見送ると、新平は鼻息荒く玄関のドアを開け、ちょっとつまずきながら、廊下に上がり、玉のれんをじゃらじゃらと鳴らして、

「ただいま！」

と居間に入った。

そこには車椅子の妻ばかりか、長男、次男、三男まで、明石家の全員が揃っている。

「あ。お父さん。お帰りなさい。冷蔵庫にあった株主優待のハム、そろそろ賞味期限だったんで、今、ぼくがみんなに切って焼いてるところです」

よれよれのTシャツに、汚いスウェットをはいた雄三が、まったく不似合いな、キッチンの調

理台の前に立って言う。

　一体、この時刻になんの食事だろう。

しかも俺の優待品の特選ハム。あんなに分厚く切りやがって！

　新平はカッとなり、

「おい、雄三。そこへ座れ！　このバカな計画書はなんだ」

　まず怒鳴りつけた。

「明石雄三再生計画」と一番上に大きくプリントされた書類を、三男の顔の前に突き出すと、

「あ、はい」

　事態を察知したのだろう。雄三はくちびるをすぼめ、ゆっくりとコンロの火を消した。

第六話　妻の決断（二）

1

座れ、という新平の指示に従い、特選ハムを焼いていた雄三はコンロの前を離れ、のそり、のそりとダイニングの椅子に座った。

「なんだ、これは」

明石雄三再生計画、と題された書類を、新平は三男の前に投げるように置いた。中に記されているのは大赤字のアイドル撮影会の現状と、とにかく自分だけに都合のいい、完全に夢の資金計画だった。

はっきり言って、一読の価値もない。

「……あ……はい」

地を這うような低い声で返事をして、雄三は自作らしい書類に視線を落とした。

雄三がその声を出して下を向いたときは、しばらく時間がかかる。なんと答えたらいいのか、考えるための時間稼ぎをしているからだ。三男が金の無心をはじめて、もうずいぶんになる。新平だって、それくらいのことはよくわかっていた。

いっしょにテーブルについていた建二が、すっと立ち上がった。気取った仕草で髪をかきあげ、ふんわりと甘やかな香りを周囲に広げると、あるかないかの小さな胸を揺らし、雄三が立っていたコンロのほうへ向かう。

「これ、焼いちゃうよ？」

ひとりごとのように告げて、だれの返事も待たずに、あらためてコンロの火をつけた。換気扇の音と、やがてパチパチと油のはねる音が聞こえる。

どうせ時間がかかるならと、新平は洗面所に行って手を洗い、ガラガラとうがいをした。トイレで小用を済ませ、また手を洗っても、雄三はうつむいたままだ。

さなえのところにあんな話を持ちかけておいて、新平の耳に入らないとでも思っていたのだろうか。

考えが甘いのか。新平をなめているのか。とにかくお金がほしいせいで、そういった一切が見えなくなるものなのか。

あるいは妻が元気なときならば、そこでどうにか話が止まっていたのかもしれない。むかしはすっかり信じてあれこれ任せていたけれど、英子は思いのほか、新平に隠れてこそこそするタイプみたいだった。

もちろん生活費から、うまくへそくりをするくらいのことはしているだろうと思っていたが、それ以上に大きくお金を動かし、資産運用を試みたり、親族や知人に用立てたりもしていたようだ。通帳やメモ、人づてに聞く話の端にときどきそんな痕跡が見えたから、新平のほうもあえて泳がせたり、急に問いただしたりして警戒するようになった。

運用が成功しても新平には内緒。

失敗すれば、もっと内緒だったに違いない。

そんな妻だったから、雄三の借金のことで自分の姪のさなえから連絡がきても、わかった、私から話しておくから、とでも答えて、新平には伝わらないようにしたのではないだろうか。やはり年齢とともに、猜疑心が強くなっているのだろうか。新平はそんな無用な想像までした。

「……どうしても、今の仕事をつづけたいんで」

たっぷり時間をかけて、ようやく雄三はそれだけのことを答えた。

「いや、破産しろって。早く」

新平が命じると、雄三はまた無言。ひまになった新平はポットのお湯を沸かし、自分でお茶をいれた。

「このままでは、僕個人のカードも全部止められそうで」

「あの資金繰りで、今までカードを止められてなかったのにびっくりだよ」

「じつはもう、今月はなんの支払いもできない状態に……」

「仕方がないな、そりゃ。スタジオも借りてらんないな」

席に戻って、ずずず、とお茶をすする。

「スタジオどころか、もうすぐこの家の、インターネットも使えなくなりそうで。そうなったらお父さんのパソコンも、ネットにはつなげなくなってしまうので……」

「なきゃ、ないでいいって、そんなもん」

新平は首を横に振った。なにか切迫したような状況を持ち出して、相手を慌てさせようとするやり方が、余計に腹立たしかった。「あれがない、これがないって不満ばっかり言うな。なあ、雄三、おまえ、もう、この家から出て行け……」

新平がきつく言い切ろうとしたタイミングで、分厚く切ったハムステーキを、建二がお盆に載せて運んで来た。

まだ晩には早いのに、雄三のおやつだったのだろうか。

大きな一枚を雄三の前に置く。それから一枚を半分に分けたくらいのハムが載った小皿を、

「食べる？」

と新平に訊いて置く。あとは孝史と自分の席の前にも小皿をひとつずつ。つづけてナイフ&フォークと、トマトケチャップのボトルを取りに行って戻った。

「建二もいくらか貸してるんだろ、こいつに」

緊張感のとぎれた新平が、ちょっと鼻白んで訊くと、うん、と建二は小さくうなずいた。

「いくら？」

ストレートに訊くと、建二は節くれ立った、細長い指を一本立てた。

「百万？　まさか……一千万？」

「ううん、十万、十万」

慌てたように建二は首を振った。「私はそれだけ。でも、ママが孝兄のために貯めていた定期も、とっくに雄ちゃんの会社につかっちゃったって」

「は？　ママがこんな状態なのにか？」

「違う違う、それは、ママがもっと元気なときに」

「そりゃ、だいぶ前だな」

新平は首をかしげた。「ママが貸したのか」

「うん。そうらしいよ」

「いいのか、おまえはそれで」

名義人だったらしい長男に、新平が訊くと、不服があるのかないのか、孝史は、うん、と顎を引いて、ぷいと横を向いた。

引きこもりの長男からすれば、お金のあるなしよりも、この家のあるなしのほうが、ずっと重要な問題なのかもしれない。

新平は長男のための定期預金があったことも知らなかったし、それを妻が三男に用立てたことも知らなかった。

「ひどいな。どうすんだ、この先」

雄三が下を向き、首を振っている。自分の借金について、家族みんなに話されて、さすがに居心地が悪いのだろうか。それとも毎月毎月綱渡りに違いない、借金の利息を借金で払いつづける資金繰りに疲れたのか。

「……消えたい」

ぽつりとつぶやいた。

「はあ？　なに言ってんだ、おまえ」

新平はそれを聞きとがめた。頭にカッと血が上る。「おまえのこと、ママがどんな思いして産んだと思ってんだ！　前置胎盤で、胎盤がはがれて、血が手術室の天井まで噴き上がったんだぞ！」

「お父さん……見たの？　それ」

いつもちょっとふざけている建二が茶化す。

「うるさいっ！　建二は少し黙ってろ」

自称長女の次男を、新平はぴしりとたしなめた。

あら、びっくり、とばかりに、建二はお化粧たっぷりの目を、真ん丸に見開いている。

「一晩で二六〇〇cc輸血して、どうにか助かったんだ。一時は、ふたりとも危ないって言われたんだよ」

その夜の動揺と恐怖、祈る思いを新平は今でも思い出すことができる。

なあ、と英子を見ると、四十歳の手前で三人目を産むことにためらいのなかった妻が、雄三を手招きしていた。そのときの手術で英子は新しい子どもを産めなくなったのだけれど、いずれにしろ、三人目で最後の子だろうと思っていた。

「おい、雄三」

おいでおいでをする英子のほうを、見るように新平はうながした。

雄三が顔を上げ、母親の姿を見た。すっかり真っ白な頭になり、車椅子に座り、以前よりにこにこしている母の手招きに従い、雄三は立ち上がった。

のっそりと車椅子の脇に歩み寄って、顔を近づけるように大きな身をかがめると、英子のほうは、一生懸命あごを上げて、三男の顔を見ている。

そして、もごもごとした口調で、

「……ないの？　……おかね……」

と、訊いた。

うん、とうなずく雄三に、ダメ！　と英子は言うと、言葉とは裏腹にゆっくりと右手をのばして、三男の刈り込んだ頭をぽんぽんとなでた。

それからトドのような分厚い体を抱き寄せるみたいに、右手を背中のほうに回している。

うっ、うっ、うっ、とオットセイの鳴き声にも似た、雄三の嗚咽《おえつ》が聞こえる。

2

老母に背中をさすられてひと泣きした雄三は、結局、ハムステーキをペロリとたいらげると、

「僕は、これから仕事なんで」

大急ぎで支度をして出かけて行った。

「出かける金はあるのか、くだらん、もう帰ってくるな」

新平が声をかけると、

「すみません、すみません。行ってきます」

とぺこぺこ頭を下げていった。このままではなんの支払いもできないはずなのに、スタジオに女の子たちを集めて、わいわいするお金はまだあるのだろう。いちいち本気で聞くのもバカらしい。

「部屋の中の象ってやつよね、いよいよ、雄ちゃん、こうなると」

〈明石雄三再生計画〉をぱらぱらとめくっていた建二が、うへえ、と大げさに顔をしかめてから、書類をテーブルの上に戻した。「とても手が出せない。私なんて、絶対関われない」

「象がどうしたって」

新平は特選ハムのステーキを口に放り込んだ。

「アメリカの言葉で、部屋の中に象がいる、っていうのがあるんだって。問題があるのはわかってるけど、大きすぎて誰も手を出せない」

「ふん、アメリカさんか。でも、いつまでも放っておくわけにもいかないだろ」

新平はあっさり応じた。

放っておいたら、借金はもっと大きくなるだけだ。

新平が建築の仕事をやめたのは、年々、赤字の現場が多くなったからだった。昔なじみから、ちょっとした改築なんかを任されると、つい見積もりが甘くなってしまう。久しぶりの現場だからと張り切って、なるべくいい材料を選び、丁寧な仕事を心がけ、しかも一度決めた料金だからと格好をつけ、余分にかかった費用を請求するのも控えたから、年に数件の仕事で、ずいぶんな赤字をかぶることになった。

赤字が一年で百万円を超えたときに、いよいよ英子から廃業を命じられたのではなかったか。

アパートのあがりと、はじめたばかりの不動産の仲介で一応のもうけは出していたから、建築での多少の赤は気にしなくてもいいだろうと新平は思っていたけれど、

「お父さん、もう建築の仕事は、二度と引き受けないで。やればやるだけ赤字なんだから」

二度と、と強調されるほど、いよいよ英子にきびしく言われれば、俺の仕事は建築屋だぞ、と憤りつつも、たしかに年百万円の赤字は大きい。従わないわけにもいかなかった。

「あいつの会社なんて、毎年三百万からの赤字じゃないか。しかも外注費ばっかり。それを十年

以上つづけてるんだから、そりゃあ借金まみれにもなるよ」

新平は首を横にふった。そのマイナスを家の蓄えでたびたび補塡してやったから、ふつうならとっくにつぶれているところを、無駄に延命、負債を大きくしてしまったかもしれない。

これからは一円も貸さない、あいつは金を食う怪物、一日も早く会社を畳むよう促す、との決意だけ、新平はあらためて強くした。

「お父さん、ハム、もっと焼く?」

建二が訊く。冷蔵庫にまだ切った残りがあるらしい。

「いや、今はいい。晩ごはんが食べられなくなる」

お皿にフォークを置き、新平は答えた。三男に気をとられるうちに、すっかり冷めてしまったが、やはり歯ごたえがあり、おいしいハムだった。

株主優待でもらった特選のハムを、分厚く切ってハムステーキにするのは、新平の楽しみの一つだった。

年に一度、最上級のハムを送ってくれるからと、最大で三社、食品会社の株を持っていた時期がある。そのうち二社はもう売ってしまったけれど、一社の株は長く持ちつづけていた。

「下がっちゃって、下がっちゃって。今売ると大損だから、そのまま放っておいて、何年も塩漬けにしてあんだよ、そこの株」

新平は建二に説明した。いくら高価な優待品を毎年もらっても、株価の下落には到底追いつかない。毎回の配当金を加味しても、状況は変わらなかった。「だからそれ、とにかく高いハムなんだよ。株価の下がったぶんが、全部乗っかってっから」

「あるよね、そういうの」

新平の影響で、自分もほんのちょっと株をやるという建二が笑った。「何千円かの優待品をもらおうとして、株価が何万円も下がっちゃうの。私も高いクッキーと、高い洗剤、もらったことがある」

「ああ、俺も高いふぐ、まだ持ってるぞ」

「ふぐは高いじゃない、もともと」

「いや、それでも大損だな」

はーい、ママ、高いハム、と小さく切り分けた最後の一片を、建二がスプーンで英子の口に運んだ。同じく高級ハム好きな妻は、うれしそうにゆっくり口を動かし、ごくんと飲み込む。

「おいしいか？」

横から新平が訊くと、

「……おいしい」

と笑った。

長男が自分の食べたお皿とナイフ、フォークだけ、流しに運んでいる。

これで明石家の、夕刻の臨時会議は終わりのようだった。

「損切りが下手なんだよね、お父さん」

建二が言った。損切りは株の用語で、ある程度の損をあきらめて、もっと大きな損をしないうちに、株式を現金化することだった。

「ふん。そんなのがうまかったら、おまえら全員、とっくに放り出して、縁切ってるよ」

「じゃあ、私たちも今、塩漬け中？」

「ああ、今から騰《あ》がることはないって、よくわかってるけどな」

新平は爪楊枝で歯の間をほじり、それからぬるいお茶を飲んだ。「含み損のうちは、まだ損じゃないってな」

買った金額より、相場がマイナスになっているときの差額が、含み損だった。

プラスなら、含み益。

いずれにしろ、実際に株を売って現金にするまでは、利益も損失もあくまで仮のもの。損か得かは、まだ確定していない、という考えだった。

「でも雄三は、いよいよいけないな……」

新平は言い、小さく息をはいた。

万が一……億が一にも、事態が好転する材料はあるのだろうか。

雄三の再生計画にあった好転材料は、親の死を当てにした「資産相続」が柱だった。

なんとも甘い考えに腹を立てたし、日頃、食費も光熱費も車の諸経費も一切家に入れず、親の年金とアパートのあがりで生活しているくせに、それがなくなったら一体どうするんだと呆れもしたけれど、年金分の不足は、きっと資産の増加で補える計算なのだろう。

あるいは雄三の一番の誤算は、本当に新平と英子が、いつまでも亡くならないことなのかもしれなかった。

3

五月から元号がかわり、いよいよ令和元年になった。

四月に発表されてひと月だったけれど、新しい元号を、夫婦揃って迎えられたことに新平は感謝した。

「そう……もう難しいか、じゃあ、仕方ないね」

ホームヘルパーからの勧めもあって、訪問看護師と医師に相談。これまではトイレに連れて行き、便座に座らせ、どうにか自力でさせていた英子の排尿を、いよいよあきらめることになった。尿道に管を通し、バルーンに溜めるかたちにしてもらう。

たしかに英子の立ち上がる力はずいぶん弱っていたし、そのくせ、こうなってもまだ体重はそれなりに重かったから、朝、車椅子に移動させるのにも苦労することがあった。

支える新平のほうだって、いくら日々、キー、ガシャン、キキッ、カシャン、と健康器具で開脚運動をし、足腰を鍛えていたって、決して体調が万全のときばかりではない。

　妻をベッドから立たせようとして、支えるまで動けなくなり、

「おい、来てくれ！」

と膠着《こうちゃく》した状態のまま、居間に声をかけたことが、ここしばらくで二度あった。

　おそるおそる隣から長男がやって来て、なんの足しにもならない手を添えてくれたのが一度。もう一度は誰も来ずに、九十三歳の新平がさらなる力を振り絞り、幸い転倒するような事態にはならなかったが、そろそろまずいころかとは思っていた。

「おい。雄三。試しに一人でやってみてくれ」

　時間が不規則であてにならないとはいえ、さすがにあの体格だから、自分の代わりに怪力を発揮してくれるに違いないと期待した三男は、一度、老母を立たせる介助をまかせてみると、不摂生でもう体力が衰えたのか、太りすぎなのか、そもそもそんなことをしたくないのか、おそろしいほどのへっぴり腰でまったく役に立たず、どうにか母親をベッドに押し戻すので精一杯。そのあと、雄三本人は床にへたりこんで、

「はあ、はあ。無理です、こんなの。ひとりじゃできません」

　大げさに肩で息をしたから、

「なんだったらできるんだ、おまえ」

　新平はつい嫌味を言ってから、ひとりで英子を車椅子に座らせた。

介護にコツが必要なのは間違いなかったけれど、それにしてもだらしのない息子だった。

おしっこのバルーンをベッドの脇や、車椅子に移ればそちらにかけておくのは、正直あまり見栄えのよいものではなかったけれど、家の中にいるぶんなら、べつに誰の目を気にするわけでもない。

それにおしっこをするのだって、正しく生きている証だろう。

いちいち尿意を確認して、車椅子から立ち座りさせる必要がなくなったぶん、当然、介助する者の負担は軽くなった。

人間本来の、自然な成り行きにまかせたいという新平の希望にはこれも反しているようだったけれど、そもそも胃瘻で持ち直した妻の体力だったし、ずっと便秘症だったせいもあって、排便は週一回の下剤で対応、ほとんどをヘルパーさんに任せていた。

その日は入浴の介助をしてもらい、さっぱり気持ちよさそうな顔をした英子の車椅子を、ヘルパーの大石さんが脱衣所から押して戻った。

「はーい、お父さん。お母さん、ピカピカだよ」

「おお。ばあさん、きれいにしてもらって」

新平は妻の様子を目を細めて眺め、ふわっとした白い髪を、ぽん、と一回なでる。大石さんは、手早く自分の荷物をまとめている。

「いつもありがとう、本当に」

新平はお礼を言い、ポットに沸かしておいたお湯で、大石さんのぶんのお茶をいれた。

「いいって、お父さん」

お茶は飲まない決まりらしい。でも新平は必ず出すようにしていた。

「座って」

新平が勧めると、大石さんは椅子に軽く腰かけて、ハンドタオルで額の汗を拭った。

豆菓子やボーロ、しるこサンドや雷おこしなんかの小袋のたくさん載った和盆を、新平はそちらに押して勧めた。休日にバドミントンの大会に出ることがあるという大石さんは、すらっとしている。訪問先にかぎらず、ふだんから間食はしないように気をつけているのだと言った。

それから体の話になった。

「俺たちはね、登録してあんの、献体の」

新平は大石さんに言った。前にも一度話したような気がしたけれど、

「へえ、そうなんだ。ふたりとも?」

「そう」

「献体かあ。えらいね」

いつもさっぱりとしゃべる大石さんが感心しているから、はじめてだったかもしれない。

「ここ」

新平はハガキを引っ張り出して、大石さんのほうに滑らせた。

すぐに連絡先がわかるよう、登録した医大の「白菊会」から届いた年賀状を、テーブルのビニールクロスの下に入れてあった。

「医科大学なんだ」

「そう。若い頃、その近くの現場に通ってたの」

「へえ……はい。お父さん、ありがとう。じゃあ、お母さん、また来るね」

戻されたハガキを、新平はまたきっちりとビニールクロスの下に仕舞った。

そこに献体の登録をしたのは、新平の希望だった。

そろそろ息子たちの頼りなさを、仕方ないとあきらめたときだ。

まず最初に決めた覚悟だったかもしれない。どうせ家の墓もないし、ひとりの孫もいなければ、家族できちんとした会社勤めをしている者もいない。だいぶ少なくなった自分の知り合いだって、これからもっと鬼籍に入るのだから、葬式をわざわざ大げさにやっても仕方がないだろう。

そんなふうに考えていたところに、たまたま新聞で、医大への献体を登録する「白菊会」の紹介記事を見て、以前からの興味が甦った。長く生きれば生きるほど、やはり医療に感謝することも多くなる。

お正月かなにかの、別刷りの特集記事だったかもしれない。

「俺はここに登録するぞ」

新平は思い立ち、英子に言ったのだった。

食欲旺盛で運動嫌い、太りすぎで足もとがおぼつかない妻のことを、新平がひそかに気にしていた時期だったけれど、夜中にしくしく泣いたり、ありえない新平の浮気を疑ったりといった、例の認知症の兆候は、まだ見られなかった。

「献体？　私は嫌だわ」

英子ははっきりと、拒絶の意思表示をした。

「あ、そう。じゃあ、俺だけするよ」

いくら長年連れ添った夫婦でも、そんなことを無理強いしても仕方がない。新平が簡単に言い、さっさと会の連絡先に電話をして、自分だけ入会申し込み書を取り寄せると、

「じゃあ、私も登録するわ」

英子は急に前言をひるがえした。

「献体だぞ。学生に解剖されちゃうんだぞ」

「えー。さびしいかしら、そんなの」

「じゃあ、やめとけばいい。俺は登録するから」

「いいわ。私も登録する」

英子はいよいよ、恋人との道行《みちゆき》を決心した花魁《おいらん》みたいに言った。お芝居好きな英子にしてみれば、大好きな太地喜和子《たいちきわこ》、「近松心中物語」のヒロインにでもなった気分だったのかもしれない。

「献体だぞ。解剖されちゃうんだぞ」

「いいわ。それで、医学の役に立つんでしょ」

「ああ、ここのはそういうのみたいだな」

新平は言った。そこの献体は医学生たちの解剖実習につかわれ、特定の臓器提供などには用いられないらしい。入会案内に、そう書いてあった。

そのころ、新平が八十代半ばだっただろうか。

自分はもう十分生きたから、あとはどこかで、誰かの役に立つのもいいかと思っていた。

4

「おじさん、いよいよ旅行の予定がかたまりましたよ」

たけひろ君から連絡があったのは五月の半ばだった。

子ども世代の出世頭、明石家の「いとこ会」を取り仕切る甥っ子だった。たけひろ君の音頭取りで、何年も中止になっていた兄弟会の旅行は、今年から、年老いた親を子どもたちが連れて行く形でよみがえるらしい。

場所は外房の温泉ホテルで、日程は六月下旬で調整中。施設は充実、料理は豪華、海に面した絶景ということだった。

「残念だけど、俺は行けねえな」

新平が参加を辞退すると、

「ねえ、お父さん、わがままもいい加減にしたら」

歯に衣着せないタイプの建二が、そのあとすぐに電話をかけてきた。「たけひろ君から、ＬＩＮＥでお助けのメッセージが来てたんだけど」

「はあ？　なんて」

「お父さんが、いとこ会の旅行に行かないって言い出したって。最初から、お父さんメインで話を進めてたのにって。急に断られてびっくりしてたよ」

「だって、行けないだろ。俺が行ったら、誰が家でママ見てるんだ。一泊旅行だから、丸二日だぞ」

　新平はきちんと説明した。たけひろ君への説明は、確かにちょっと不足していたかもしれない。

「うまくしたら、車椅子だけど、ママもいっしょに行けるかもしんないって思ってたけどさ、今の状況だと、もう難しいからな」

「うーん。今じゃなくても、ママの体力で旅行は負担かもよ」

「そうか？」

「うん。でも、なんにしても、その日は私がそっちに泊まりに行くから、ママのことは全然気にしないで、お父さん、ゆっくり行ってきなって」

こういうところは妙に親切な建二が言ったので、

「そう?　じゃあ行ってくるよ」

むかしから長男で甘やかされて育った新平は、素直に提案を受け入れることにした。


当日は、たけひろ君が、家まで車で迎えに来てくれた。

「しげるは来られないって?」

玄関でまず新平は言った。しげるは明石家兄弟会、五男四女の一番下の弟で、たけひろ君の父親だった。

「そう、先週、アキレス腱切っちゃって」

たけひろ君が白い歯を見せた。浅黒い肌に、開襟の白いシャツを着ている。都内でアンティーク家具の買い取りと販売をする会社を経営していて、建二や雄三に聞けば、世田谷あたりに何店舗もあるらしい。背の高い、いい男だった。「あんちゃんがいなけりゃ、はじまらないっぺ、って、あんなに言って、この旅行だって、そりゃあ一番ってくらいに楽しみにしてたのに、直前に自分がケガしちゃっちゃあ、意味ないよね」

それでも郷里のM町からは、チャーターバスで大勢来るらしい。

しばらく会っていない都内組、赤羽に住む弟の定吉《さだきち》夫婦と、門前仲町の末の妹はるえも、それぞれ東京近郊に住む息子と娘が、車でホテルまで運ぶ手はずになっているということだった。

新平は甥っ子の運転する車にゆったり座り、光る海の上をまっすぐ走る高速道路、東京湾アクアラインを通って千葉県に入った。そのまま房総半島を横切り、家から三時間も経たずに目的のホテルに着く。

「それでは、明石家兄弟会といとこ会、合同の温泉旅行を記念して、明石新平さんに乾杯の挨拶をお願いします」

大宴会の仕切りもたけひろ君で、さすが社長というのだろうか、浴衣姿の見栄えもマイクを持ってのしゃべりも、なかなか堂々としている。宴会場のきらびやかなライトを、肌がきれいに跳ね返している。同い年で、同じく社長を名乗る雄三のだらしなさとは大違いだった。

その彼にしっかり顔を立ててもらい、新平はまんざらでもない気分だった。

あんちゃん、あんちゃん、と妹や弟から声がかかる。

「え〜、このたびは、たけひろ君の尽力で、中断していた明石家の旅行を再開することができました。これまでの兄弟会にくわえて、今回から、子ども世代の、いとこ会も合流、こうして盛大な宴会ができて、たいへんな喜びです」

子ども世代といっても、すでにその世代の息子や娘たちが成人しているくらいだった。孫世代もみんなここに集まれば、さらに壮観になるのだろう。

「すぐに動画アップしますね、おじさんの挨拶」

乾杯が済むと、ねぎらいの言葉とともに、たけひろ君がそう声をかけてきた。テーブルには、舟盛り、天ぷら、茶碗蒸し、ローストビーフのサラダ……。海の幸、山の幸、とにかく豪勢な料理が並んでいる。

「あ、そう？　そんなことできんの」

「ええ、そしたら椎名町で、建ちゃんがおばさんに見せるって」

「へえ」

三兄弟で、いとこ会とうまくつながっているのは、建二だけみたいだった。たけひろ君の妹、つくば市の研究員と結婚したたか子とも、なんとかエクスプレスで落ち合い、今度女子会をするのだと、さっきたか子本人が言った。

「うちのおやじも見るんじゃないかな、とにかく、今日はここに来たがってたから」

「しげるも、そんなの見てるの」

「見ますよ、たか子の娘たちが、高校生と大学生で、なんの動画でもすぐにあげちゃうから。孫かわいさで、そういうのもいっつも見てるんだけど、そしたら、おやじがアキレス腱切った瞬間も、もうアップされちゃってて。ふた家族でカラオケ行ってはしゃいでるところだったんで、楽しそうっちゃあ、楽しそうなんだけどね」

「へえ」

「どこだったっけかな。今、たか子に……」

「あとでいい、あとでいい」

新平はいつだったか、温泉からのテレビ中継に出たことを思い出した。

翌朝の生中継で、温泉に入っていてくれないかと、宿のおかみに頼まれて快諾したのだった。

宿は有馬の老舗旅館で、同じ建築業の定吉とふたり、仕事の視察ついでの旅行だった。

「明日の朝、テレビに出るぞ」

夜のうちに家に伝えると、英子が電話をかけて、めぼしい親戚に広めたのだろう。

朝のＮＨＫで、あんちゃんたちが温泉につかっていたと、しばらくは親戚中で話題だった。

第七話　妻のいない旅（一）

1

新平の四人の弟のうち、口下手な父に一番似ているのは、すぐ下の弟、次男の幹安《みきやす》だった。

終戦後、新平といっしょに父のもとで大工修業をした弟だったけれど、やがて新平が勝手に東京へ出て、英子と所帯を持ってからは、郷里で父の仕事をよく助け、長男の新平に代わって、跡取りの役目を果たしてくれた。

結婚して家を継ぎ、子を育て、ともに長く生きた父と母をきちんと看取った自負のようなものもきっとあるはずなのに、とくにそれをひけらかす様子もなく、宴会となれば、ただにこにこと酒を飲んで笑っている。

酒好きなのも、父とよく似ていた。

「あんちゃんは、すぐ帰って来るって言ってたって、ばあちゃん、ずっと怒ってたからねえ」

久しぶりに兄弟姉妹、その連れ合い、さらにその子供たちまで集まって宴会をすれば、誰からともなく、そんな昔話にもなる。今回は新平ひとり参加し、英子が欠席していることもあって、余計に当時の話をしやすいのかもしれない。

ただ事情を一番よく知るはずの幹安は、自分から積極的にそういった話を広げるでもない。

「なあ、幹安あんちゃん、そうだったよな」

と同意を求められれば、

「うん、まあ」

と笑顔でうなずくか、

「え、なに？」

とのんきに聞き返すくらいだった。新平より四歳下の幹安も、いよいよ九十歳に近くなり、だいぶ耳が遠くなっているのかもしれない。

「新平おじちゃん、東京で結婚したら、英子おばちゃんをつれて、M町に帰ってくるっておばあちゃんと約束したの？」

アキレス腱を切って、急遽旅行に参加できなくなったしげるの娘、たか子が嬉しそうに訊く。たか子はさっきから、しげるがカラオケでふざけて踊っていて、アキレス腱を切る決定的瞬間の動画をみんなに見せて回っている。新平も見せてもらい、ふふっ、と笑った。

「いや、約束なんてしてない。記憶違いだろ」

そんな七十年も前のこと、しっかり覚えているはずもないのに、こうやって言い切れるのが新平の強みだった。「帰る気なんて、俺は全然なかったよ」

東京へ出て英子と結婚し、そこで仕事を見つけようと思っていたのは確かだった。あまり広くもない町で、兄弟が何人も大工の修業をしたって、全員が独立するわけにもいかずに、ずっと誰かが誰かの下で働くことになるのかもしれない。

それなら自分が上京して、新たな稼ぎ場を見つけようという気持ちが新平の中にはあった。口下手で生真面目な幹安よりは、きっと自分のほうが、外に出るのには向いているだろう。

とはいえ家を出る方便として、母に適当な嘘を告げてこなかった保証はない。それともその思い自体、その頃、怪我でしばらく大工修業を休んでうつうつしていた新平が、先に郷里を離れた英子を追いかけるための、ただの方便だっただろうか。

「お父ちゃんもお母ちゃんも、ふたりとも期待してたから、あんちゃんに。体格がよくて、気っぷもいいし、本当にいい跡取りになるって思ってたんだろうねえ。あんちゃんが東京へ行ったあとは、ずーっと残念がってたわよ」

幹安のほうをちょっと気にしながら、新平の末の妹、はるえが言った。むかし新平の家から学校に通い、就職し、そこから嫁いだはるえは、きょうだいの中でも一番の新平びいきだった。

「あんちゃん、あんちゃん」と、いつ会っても、いくつになってもうれしそうに声をかけてくる。今日もすぐ近くに座り、話したいことがいっぱいあるようだった。「小学校の先生が、あんちゃんは成績がいいから、上の学校へ行かせませんかって、わざわざうちに説得に来たときだって、いや、こいつには大工を継がせます、って、あの無口なお父ちゃんが、そこはきっぱり言ったくらいだから」

十六歳離れているはるえは、新平が家を飛び出した頃には、まだ小学校の低学年だった。大工を継ぐと決めたときの話なんて、あとで聞いたに決まっている。というより、まだ生まれる前だったのではないか。なのに、まるでその場で見ていたような口ぶりで言うのがおかしかった。

きょうだいも大勢いると、きっとこうやって、それぞれの家での「事実」ができあがっていくのだろう。

「でも、あんちゃん、えらいわ〜。できないって、みんな、奥さんの世話なんて」

七十代後半とは思えない、いつまでも細身で若々しいはるえが、がらりと話を変えて言った。

「そう？」

「うん、本当にそう思ってる。さすがあんちゃん、って」

そういう甘い褒め言葉は嫌いではない。むしろ大好きだった。新平はまんざらでもない表情でにやりと笑うと、カニや帆立、海鮮のたっぷり入った茶碗蒸しを、スプーンですくってつるりと食べた。

「とくに男の人は嫌がるじゃない、介護が苦手っていうのもあるんだろうけど、まず気持ちが参っちゃうんでしょ。大切な人が弱っていくのを、そばで見ていたくないって、よく言うじゃない？」

あまりピンとこない新平は、無言で茶碗蒸しを食べ終えると、スプーンを置いた。箸を取って、次は天ぷらの盛り合わせにかかる。

そうやってたくさん並んだご馳走を、ひと品ずつきれいに片づける。それがいつもの新平の食べ方だった。

「だって家の誰もやらないんだから。俺がやらなくっちゃ、しょうがないだろ」

さばさばと言う新平が格好いいと、はるえがまた褒めてくれる。

やはり気心の知れたきょうだいとの旅行はいい。

新平は、つかの間の休息に、すっと心がほぐれるのを感じた。

2

「あんちゃん、俺、オリンピックのチケット当たったよ」

昔はふたりでこそこそ悪さもした弟、定吉がトイレから戻って、赤い顔をして言った。悪さというのは、羽振りがよかったころの女遊びのことだ。どちらもしっかり奥さんにバレて、きつく締め上げられた。

「おう、そうか。なに見るんだ」

結婚当初からの赤羽の住まいは残したまま、近ごろは埼玉に家を建ててやった息子夫婦のところにいることが多いとかで、お互いになかなか会う機会がない。この旅行へも、三郷《みさと》の家から、息子夫婦の車で直接来たようだった。

「なんつったかなあ、種目。さっきまで覚えてたんだけどなあ」

きょうだいでは、しげると並ぶお調子者と評判の定吉は、笑いながら首をかしげた。前はしょっちゅう椎名町にも遊びに来ていたし、大手建設会社を役員で退職したあと、運転免許を返納するまでは、男兄弟ふたり旅と称して、フェリーを使ったりもしながら、四国や九州までドライブ旅行をした。そのときの楽しさは、やはり忘れがたい。若いうちに東京へ出た新平と定吉は、今でも髪がたっぷりあるのに、郷里に残った三人は、なぜか年々頭がさびしくなっている。女連中の見立てでは、そういうことのようだった。

「うーん。忘れた。あんちゃんは、チケット申し込まなかったの」

新平は首を横に振った。オリンピックの観戦チケットの一次申し込みが、インターネット限定であるといったニュースは見ていたけれど、そもそも行く気がなかったし、もし急になにかの競技を見たくなっても、自分はテレビ観戦で十分、とくらいにしか思っていなかった。

聞くところによれば、どの競技もチケットはずいぶん高額な設定で、しかも開会式や閉会式、人気種目の当選確率はおそろしく低いらしい。当選するのは、百人に何人もいないだろう、という話にあきれてしまった。

新しく建て直される国立競技場にも、世間で話題になっているほどには興味がなかった。

とりあえずはニュースで建設の進み具合を見れば十分。もともと、あまりなじみのないスタジアムだからだろうか。

かなり未来的な、流線形ドームの競技場の建設に費用がかかりすぎると問題になり、決まっていた外国人のデザイン案を破棄したのが、四年ほど前だったか。その後、木材をふんだんに使った、隈研吾《くまけんご》という人のすっきりしたデザインが採用され、完成は年内、十一月の予定ということだった。

「もう来年か、オリンピックも」

「そう。だから来年までは生きてねえとなあ」

新平より五つ若い定吉が言う。

「ふん、たしかにな」

お互いこの年になれば、もうあともさきもないのだろう。新平は弟の言葉に素直にうなずいた。

きょうだいが順に歌を披露し、いとこ会からもにぎやかな歌や演《だ》しものがあり、動画や写真をたくさん撮り、来年もまた、この旅行の会を開く約束をして宴会はお開きになり、新平は夜と朝、もう一度ずつ大浴場で温泉につかった。

海に面した絶景の大浴場だった。とくに朝は日が射して美しい。

タオルを頭にのせ、足をのばし、目を閉じる。そのまま眠ってしまいそうな心地よさだった。

宿を出ると、それぞれの予定にあわせていくつかのグループに分かれ、近場の観光をし、だいたいはお昼を食べて帰路についた。新平はいつも通り、デジカメで景色の写真をたくさん撮って満足し、帰りもやはりたけひろ君に家まで送ってもらった。

「おじさん、おつかれさまでした」

気の利く甥っ子が、かわりに荷物を持って玄関まで運んでくれる。留守番の建二がばたばたと出迎え、背が高く、男前のたけひろ君にほんのり頬を赤らめながら、上がってお茶でも飲んでいくようにと勧めている。

「いや、建ちゃんありがと。でも帰らないと道が混むんで」

たけひろ君は首を振ったけれど、

「ほら。上がって」

新平が強く命じると、

「じゃあ」

と居間でひと休みした。

ニコニコしている英子や、その場にいて逃げそびれた様子の孝史とも、そつなく、楽しげに会話している。家の中の大きな象、雄三は朝から撮影会のようだった。

「あ、おじさん。もう、ここでいいですって」

固辞するたけひろ君を外まで見送り、車が出発するのをしっかり待ってから家に入った。しげるはいい息子を持ったと、新平は心から思った。

ただ、旅から帰ったばかりだからだろうか。

やはり自分の家にも、ほっとするものを感じた。

車椅子の妻と、相変わらず頼りのない息子のうちふたりが居間にいる。新平はあらためて英子に、ただいま、を言った。

そして旅先で買った、英子の好きな饅頭を小さく切って口に入れてやった。

3

七月一日に江古田の富士塚の山開きがあるとは覚えていたけれど、あいにくそれは、英子を病院に連れて行く日だった。

胃瘻の交換をして、レントゲンを撮る。去年の七月一日はどうしていただろう。やはり用が重なっていたのか。それとも、あまりの暑さに訪れるのをためらっただろうか。

九月の例大祭にもうまく足を運べずに、気づけばもう秋になっていた。

そろそろアパート周りの雑草が伸びているだろうから、処置をして、とくに郵便受け側にある小さな空きスペースには除草剤を撒いてくれるようにと何度か建二に連絡をしていたけれど、まだ完了の報告がなかった。

朝、あらためて電話をかけ、一体どうなっているのか問いただそうとすると、

「もう！　そんなにすぐできないって！」

いきなりヒステリックな返事をされ、新平はやれやれと思った。まだ雑草の、ざっ、までしか口にしていなかった。

除草剤の使用については、土に残るとか、健康面で問題があるとか言って建二は否定的で、春にも塩かなにかを撒いたのではなかっただろうか。

そのぶんきっと除草効果は低い。だったらマメに訪れて処置をしてくれたらいいのだけれど、そんな約束まではしていないと不満らしかった。

仕方がない、見てくるか、と新平は自分が出かけられそうな日を見つけ、ひとりさっさとアパートに足を運ぶつもりになっていると、

「今、終わったから」

ちょうどその日の午前中になって、建二から連絡があった。

「あ、そう。やってくれた？」

「雑草抜いて、きれいにしといたから」

「そう。じゃあ請求書送って。振り込むから」

「わかった」

「なにか経費がかかってたら、それもつけといてな。これから、こっち来んの？」

「ううん、帰る」

「なんだ。仕事か」

「仕事と、あと、みーちゃんの病院」

「また具合悪いのか、猫」

「腎臓の数値がよくないから、定期的に通ってるの」

「あ、そう」

と新平は言った。「大変だな」

電話を切ると新平は、やはり予定通りに出かけることにして、孝史に告げた。

「しばらく下にいてくれ。雄三が今日は休みだって言ってたから、あとで腹へったら降りてくるだろ」

あの三男に関しては、なにもせず家にいてくれたほうが、よほど金がかからないだろう。昔だったら、家長の権限で、座敷牢にでも入れておくところだ。

最近は顔を合わせるたび、早く会社を畳むようにと新平が意見するものだから、雄三は耳が痛そうだった。新平の姿を見ると、すぐに自分の部屋へ上がってしまう。もちろんそれしきのプレッシャーもなく、ずっと親から大金を借りつづけられてもかなわない。

「ちょっと出てくる」

妻にも告げると、

「……どこ？」

と首をかしげて訊いた。

「建二がアパートの掃除してくれたっていうから、様子を見てくる。そんで調子よかったら、池袋の駅のほうまで行って、なんかうまいもん買ってくるよ」

新平がきっちり説明すると、

「……わかった」

英子は大きくうなずいた。

「なに食べたい？」

「……おすし」

前からそうやって説明をすればよかったんじゃないの？　と口うるさい自称長女には言われるかもしれないが、昔は同じように説明したって、

「嘘でしょ」

と鼻で笑われるのがオチだった。

本当でも嘘でも疑われるので、それが面倒くさくて、なにも告げずに出かけるようになったのだ。もちろん羽振りのいい時期に、調子に乗って嘘を重ねた報いと言われればそれまでだったが。

久しぶりに散歩用のハンチングをかぶり、新平は相変わらずごちゃごちゃした玄関で運動靴をはいた。

妻が倒れてから、介護保険であちこちに手すりを取りつけたので、べつによろけなくても、はじめから手を添えておく。これを転ばぬ先のつえというのだろう。実際のところ、便利に使わせてもらっていた。

ただ、体力自慢の新平は、まだ本物のつえをつくようなことはなかった。

「あんちゃんは、いつまでも元気そうだけど、まったくつえついたりすることないの？」

この前の旅行でも、英子と小学校の同級生、妹の中ではお調子者タイプのさとえに訊かれ、

「ふん、使うもんか、そんな年寄りみたいなもの」

と答えて笑われたくらいだった。

「あんちゃんが年寄りじゃなかったら、私らみんな若者だわ、うれしい」

さとえがはしゃいでいるのも昔のままで楽しかったが、実際、この家の傘立てに一本だけ差してあるつえも、八十代に入ってから英子が買った、女持ちのものだった。

もっとも英子は英子で、とにかく歩くのが嫌いだったから、買ったはいいものの、ほとんどそのつえは使わなかったけれども。

九十三歳の健脚、新平は毎日散歩をしていた八十代の頃とほとんど変わらない速さでアパートまで歩き、管理人補佐としての建二の仕事ぶりを確認した。

なるほど、きれいに雑草は抜き、ゴミは捨ててある。植え込みの枝木まで、軽く刈ってあった。

よし、と新平がうなずくのを、通りの向こうから、三軒となりのイズミさんの奥さんが見てい

た。

新平がちょこんと頭を下げたのを合図に、こちらに歩いて来る。

「お父さん、お父さん。さっき息子さん……今は、娘さん？　……いらしたから、お父さん元気？　ってちょうど声かけたのよ！」

この界隈でも古株の奥さんが、にこやかに言った。でも目の奥では、新平の挙動をしっかり値踏みしているようだ。奥さんと言っても、年はもう八十いくつだろう。

「あ、そう。建二に会ったの」

新平はうなずいた。だったら大筋の話は聞いただろう。「ばあさんが倒れてから、なかなかこっちまで、出かけらんなくなっちゃって」

「ですってね。でも、それはもう三年だか四年前？」

「ん？　三年……四年かな」

そのあたりは新平も適当だった。

「お父さんを最近見かけないから、ずっと心配してたのよ。お元気そうでよかったわ」

どうも、と奥さんは頭を下げた。口ぶりからすると、たぶん新平が急に体調を崩して入院したか、いよいよ介護施設に入ったか、ぽっくり亡くなったかを心配していたのだろう。

もちろん誰だって、にわかに老人を見かけなくなれば考えることだ。

ただ、そう思われたことで、新平は逆に力がわくのを感じた。

せっかく自分の建てたアパートまで来ても、お宝の本をたくさん集めたオアシス、ゆっくり休憩できる事務所はもうない。さっさと池袋まで足をのばすと、まずは腹ごしらえ、西口のキッチンＡＢＣに入った。

近場に数店ある、洋食の老舗だった。

若いお客さんでぎっしりのテーブル席に、老人一名すべりこませてもらい、メニューをじっくり眺め、オリエンタルライスと黒カレーのセットを注文する。

お客はサラリーマンや、近くの大学の学生が多いようだった。若い女性のグループもいて、みんな、ぱくぱくとランチを食べている。

やがて新平の前にも、料理の皿が届いた。

4

いつだったか、新平は道でケガをした土鳩《どばと》を拾い、しばらく世話をして、快復させたことがある。

全身真っ黒で、光の加減で首のあたりが虹色に輝く鳩だった。

長男が中学生だったから、椎名町に越してすぐのころだっただろうか。羽を傷めて飛べなくなった鳩を、新聞紙を敷いたダンボール箱に入れ、よく目が届くよう、居間に置いて面倒をみていた。

　アワ、ヒエ、トウモロコシ、パンくずなど、鳩が食べそうなものをせっせと与え、飲み水を替え、底に敷いた新聞紙を替え、糞の片づけをする。

　それをよく手伝ったのは、建二だった。小さなころから気はきくほうだったから、新平が用を頼むのは、だいたい建二で決まっていた。

　台風の日に、近くの現場へ様子を見に行くのも、とりあえず建二を連れて行けば重宝した。補強の釘を打つ手伝いなんかをさせるのだったが、新平が一本釘を打ったら、すぐに次の釘を手渡すようにと命じれば、あとは余計な説明をしなくても、全自動の機械みたいないいタイミングで、次の一本を寄越す。

　それは決して他のふたりにはできないことだった。

「よし、おまえは筋がいいな」

　まだ家業を誰かに継がせたい気持ちのあった新平は、大きくうなずいたものだった。

　すぐにそうやって人を手下にする、と今でも建二に文句を言われるのは、きっとその頃の記憶が強く残っているからだろう。

　ともあれクロノスケと名前をつけた鳩は、世話を焼く新平と建二によくなつき、三男もこわごわながら、ぬいぐるみのププ子ちゃんといっしょに、ときどき様子をうかがっていたけれど、生き物嫌いの長男だけは、とにかくダメ、居間にその鳥がいるのが、もう苦手らしかった。

鳥かごじゃなくダンボールの中、というのも恐怖だったのだろうか。ぐるるっという鳴き声ひとつに落ち着かず、ばさっと物音がすれば大きく身を震わせ、ひい、だの、ひゃあ、だの、ぴゃあ、だの、言葉にならないような奇声を発して、ずっとこわがっていた。

やがてクロノスケの傷が癒えて、もう外に出しても大丈夫だろうとなってから、新平は車庫の片隅、雨に濡れない階段下に鳥小屋を設《しつら》えてやった。

クロノスケはそこにいた。

よほど家の中での暮らしが快適だったのだろう、外に面した洗面所の窓から、よく家の中を覗いていた。

家族全員をきちんと認識して、妻や長男、三男のことも、新平の身内として慕っているようだった。

だれかが庭に出ると、ばさっと羽を鳴らし、すーっと空から下りてくる。かと思えばすぐ玄関の側にも出迎えにあらわれて、家族を驚かせた。

「お父さん、あの鳥、捨ててきてよ」

と言ったのは英子だった。

英子は鳥好きだったけれど、自分が好んで飼ったダルマインコやオカメインコなんかへの態度とは明らかに違う。新平が拾ってきた、地味な鳩への愛着はそもそもうすそうだったし、いつまでも庭で鳴き、家族めがけて飛んでくるクロノスケのことを、すっかり持て余しているようだった。

そして、なにより長男が恐れているのだと言った。

「どこか遠くへ連れてって、放しちゃってよ。もう二度とここに戻ってこられないように」

「よくそんなひどいこと言えるな」

新平はしみじみと言い、首を振った。「俺はそんなふうにはできないから。どうしても追っ払いたいなら、おまえが自分でやってくれ」

「いやよ、私は」

まるで子どもを間引く相談でもしているみたいに、夫婦で話し合い、新平は頑として動かなかったから、英子も一旦はあきらめたようだったけれど、すぐに状況が変わった。

その日、自転車で出かけ、帰宅した長男のことを、クロノスケが大空から急降下で出迎えたのだった。

しかもこわがってスピードを上げ、首をすくめたせいだろうか、後頭部を鳩の足にガシッとつかまれた長男がパニックを起こし、その場で自転車ごと転倒。近所の奥さんが揃って飛び出してくるくらいの勢いで泣き叫んだと、新平は帰宅後に聞かされた。

「ちがうよ、クロノスケは、空から孝兄を見つけて、おかえりなさ〜い、ってうれしくて飛んできただけだよ。それなのに、孝兄がそんなにこわがったら、かわいそうだよ」

小動物好きな建二が必死にかばったので、

「ああ、そうだな。まあ、どっちもどっちってことだ。痛み分けだな」

新平は同意したけれど、さすがに言い訳としては弱い。

空の乱暴者と見なされたクロノスケの形勢は、不利なままだった。

「もういい。お父さんが行かないなら、私が捨ててくるわ」

すっかり決意した英子を止めるのは難しく、五人家族での会議の末、長男に危害を加えた鳥として、その後の餌付けは絶対に禁止。

クロノスケはすっかり悪役として扱われるうち、野鳥らしくどこかへ飛び去って行ったか……おそらくは新平の知らないうちに、雑司ヶ谷《ぞうしがや》か、目白のあたりにでも英子が放しに行ったのだろう。

すぐに見なくなった。

お店の名物だというオリエンタルライスは、豚バラ肉とニラ、タマネギを醤油系のタレで炒めたものをご飯にかけ、卵黄をトッピングしたものだ。

新平が頼んだセットは、それと黒カレーがあいがけになり、カニクリームコロッケがつく。

あいがけの大皿と、キャベツの千切りにコーンとかいわれ大根、そこにカニクリームコロッケの載った小皿が並ぶ。

お味噌汁には、大根、人参、玉ねぎ、豚肉、油揚げが入っている。

新平は割りばしでお味噌汁と小皿の上のものを口に運び、あいがけの大皿には、さっ、とスプーンを差し入れた。

豚肉メインのオリエンタルライスの具は、醤油ベースのニンニクだれがうまい。

あいがけのちょうど真ん中にトッピングされた、きれいな卵黄をくずして混ぜ、やさしくなった味を楽しむ。

一方の黒カレーは、予想以上にスパイシーで、スプーンいっぱいのご飯と合わせてもまだぴりっと辛いほどだった。

こちらにも卵黄を混ぜてマイルドにし、さらにつづけてあいがけの豚肉をまた口に運ぶと、ただ同じ味を重ねるのとは明らかに違う。新たな味わいが口の中に広がって、新平はなにか重大な発見でもした気分になった。

うまいな。

うん。

これはスタミナがつく。

新平はひとり大きくうなずき、ソースをたっぷりかけたキャベツの千切りと、さっくり揚げたてのカニクリームコロッケをつづけて食べた。

おそらく日本の九十代で、一番食べるグループのひとりなのだろう。

家族や親戚にもずっと感心される通り、新平はまだまだ食欲の衰えを意識することはなかった。

二十分ほどで見事に全部を平らげ、こっそり爪楊枝を使わせてもらうと、新平は代金を支払い、颯爽と洋食店を出た。

ナナメになったガラス屋根が立派な芸術劇場の前を通り、猫カフェ、というものの看板をしげしげと眺めてから、駅前を抜け、どこかでコーヒーを飲もうかとふらりと歩く。

新平が生まれ育ったのは、山間の、いつまでものどかな町だった。

昭和のうちに鉄道は廃線になり、路線バスの停留所としてだけ残った駅の名前も、十年ほど前に路線バスごと消えた。

古い蔵と石材店の目立つ町には、今、コミュニティバスというものだけが走っているらしい。

故郷を捨てる、と決めたときに、新平は親のことも捨てたのだと思った。

あの娘は気取ってるからおやめ、絶対に結婚はさせない、とうるさかった新平の母が、結婚後、長男の孝史も生まれて表面上は仲直りをしながらも、いつまでも英子を嫌ったのはそのせいかもしれない。

「あんたなんか、息子の嫁とは認めないよ」

新平の目のないところでは、母親がわざわざ口に出してまで言ったそうだから、英子はなにしろＭ町に帰るのを嫌がっていた。

英子のほうの実家は、八人きょうだいのうち、農家を継いだ長男以外、だれも郷里には残らなかったから、つぎつぎ東京へ出た姉たちとの縁で、英子はじゅうぶん楽しそうに過ごしていた。

すでにその姉たちも、みんな亡くなっていたけれども。

あとは新平が、最期まで妻の面倒を見る覚悟だった。

「おっ」

通りを渡り、なじみの喫茶店「カフェ・ド・巴里《パリ》」を目指していると、いつになく目に入ったのは、同じビルにある演芸場のチケット売り場だった。

ブースの上にかかった木の札に、寄席《よせ》文字で演者の名前が書かれている。その札をじっくり眺めると、新平はお財布から千円札を二枚と、百円玉を三枚取り出した。

六十五歳以上はシルバー割引で、百円玉ふたつぶん安く入れるらしい。

寄席で落語を聞くなんて、一体いつ以来だろう。

それこそまだ昭和の頃だったんじゃないだろうか。たしか妻にねだられて、春風亭《しゅんぷうてい》小《こ》朝《あさ》の会を見に行ったことがある。

今日は久しぶりに、夕方まで好きに過ごそう。

昼の部はもうはじまっていたから、一階のチケット売り場から、「カフェ・ド・巴里」の入口を挟んだ向こう、ビルの地下にある演芸場へ階段を下る。

チケットを渡して中へ入ると、ちょうど一つ演しものが終わったところだった。舞台の上では前座の男性が、座布団をひっくり返し、出演者の記された紙をぺらりとめくっている。

陽気な出囃子《でばやし》にのってその名前の噺家《はなしか》が登場するまでのあいだ、新平はなるだけ前のほうの席へ移動し、空いたところに腰を下ろした。

帽子を取り、ぱちぱち、と拍手をして明るい高座を見上げると、じーっという耳鳴りが不思議と消え、噺家の声だけが、きれいに聞こえる気がした。

演目は「粗忽《そこつ》の釘」だった。粗忽者の大工が、壁のうすい、江戸の長屋に八寸の長い釘を打ち、となりに突き抜けていないかと心配して確かめにいく滑稽噺《こっけいばなし》が、ちょうど身近に感じられて、新平は何度も声を上げて笑った。

そういえば新平の両親はともに明治三十年代の生まれで、さかのぼれば父方の祖父は、もう江戸時代の生まれの人ということだった。

第八話　妻の心配

1

派手派手しいピンクの自動改札を抜けると、駅前に商店街があり、さらに向こうに小さな神社らしきものが見えた。

踏切を横目に、まずそちらへ足を向ける。

木陰になった石囲いの一帯には、やはり門柱に稲荷神社の名前が赤く刻まれていた。石畳の参道のすぐ際にまで緑の草が生え、鳥居の向こうは、両脇に白いのぼり旗が立ち並んでいる。

新平は幅一間《いっけん》ほどの、石の鳥居をくぐった。

脇の手水できちんと手を浄《きよ》めてから、短い参道を進む。わずか六、七歩で白いキツネの向き合う祠《ほこら》に着き、会釈をしてお賽銭を投げた。

深く二礼をして、ぱん、ぱん、と大きく二回手を叩く。

妻が元気で、毎日、楽しくすごせますように。

いつもの願いごとをしてまた深く一礼。

踵《きびす》を返し、戻りながら目をやると、参道の脇、東武東上線の線路とのあいだの狭い三角地帯に、玉砂利が敷かれ、木のテーブルとベンチがぽつんと設えられていた。

そばに銀色の、円筒形の灰皿もふたつ立っているから、ちょうど利用者はいなかったけれど、近ごろはずいぶん肩身のせまい喫煙者たちの、わずかな憩いの場になっているのだろう。

だいぶ前に、肺がんで亡くなった職人のことを思い出した。

当時の男はだいたいが煙草を吸ったから、べつに特別なスモーカーだったという印象もない。新平自身も、その頃はホープやハイライトを一日に二、三十本は吸っていた。一度見舞ったが、入院が長引き、次に英子を病院へ向かわせると、関取のような立派な体格だったのがすっかり痩せ細り、頬はこけ、目は落ちくぼんで、いよいよ死相が出ていたらしい。

それでもベッドに起き上がると、

「奥さん、俺、こんなになっちゃったよ」

と言ったそうだ。

よほど感情を揺さぶられたのか、亡くなったあとにその職人の話になると、あるいは他の人の話題でも、肺がんや闘病といった単語が出ると、英子はよくそのせりふを口にした。

芝居好きなだけあって、病人の無念さをよりよく伝えるような発声で。

新平の代理で、その訴えを聞かされたことに、恨みのようなものでもあったのだろうか。

あるいは喫煙の害を、故人に代わって世に伝える任を背負った気持ちもあったのか。

英子が口にするそのせりふを、新平は妻が倒れるまでに、何十回聞かされたかわからなかった。

新平自身は職人の死をきっかけに、五十歳を手前にぴたっと煙草はやめていたけれども。

神社を出て、駅前の商店街のほうへ戻り、ゆるゆる左へ歩くと、ほどなく大きな緑色の看板の目立つケーキ店に入った。

二階がパーラーという名の喫茶コーナーになっているらしい。店頭には高さ七、八十センチの、ソフトクリームの置物も出されていた。

一階でショーケースを眺め、

「上で食べられるの？」

訊ねてから階段をのぼると、かなり年季の入っていそうな、しゃれたタイルの壁と、緑のソファが見えた。

飴色の四角いタイルに、規則的に大きな円のレリーフがほどこされている。

そこに風景画を飾り、壁づけのランプが、ぼわっとタイルと店内を照らしていた。

ソファの席はすぐそこだけで、あとは籐の背もたれのついた、シンプルなつくりの椅子が四脚、二つ合わせた小さなテーブルを囲んでいる。

そんなセットがぎゅうぎゅうにならないよう、ナチュラルな色味の床にほどよく配置されている。床木をV字に組み合わせた、ヘリンボーンの床だった。

タイルの壁側に先客があったので、がらんとしたフロアを進むと、そちらの奥の壁には、おとなしい、白い花柄の壁紙が貼られていた。

窓際の席を選び、新平は腰を下ろす。

メニューをじっくり眺めてから、ケーキセットのシュークリームと、ホットのコーヒーを注文した。

窓から外を見下ろせば、すぐそこにさっき出てきた駅舎がある。

コップの水で舌先をしめらせると、新平は携帯を出して電話をかけた。それが今どきの喫茶店でのマナーに反するのかどうか、まったく考えもしない九十代だったけれど、ひとまず先客と離れたテーブルを選んだのは正解だっただろう。

「今、なにしてる」

すぐに相手が出たので、新平はいきなり訊いた。

「洗濯」

電話の相手、次男の建二が答えた。

「今から出て来られるか」

「今からって、どこに？　家？」

「いや。駅前のケーキ屋。白鳥《しらとり》っていう」

「白鳥って、中板橋の？」

「そう。そこの二階で、今、シュークリームとコーヒー頼んだから」

やめて～、と自称長女の次男はおかしな声で叫んでいる。意味わからない～。

「近くに来るなら来るって、前もって言ってよ～」

ようやく不満を直接ぶつけてきたけれど、そういう要望が、自分勝手な老人に聞き入れられるとでも思っているのだろうか。実際、言われた新平の心には、まったく響いていない。

「来んの、来ないの」

ぶっきらぼうに二択を迫ると、

「今コーヒー頼んだばっかり？　じゃあ十分か、十五分くらい待っててよ。すぐ行くから」

と答えたので、新平は電話を切った。

2

白鳥のシュークリームは、店名由来なのか、ハクチョウのかたちをしていた。

楕円の土台にクリームをたっぷりのせ、広げた羽を模したシュー生地で、その両側を挟んでいる。

正面には、S字にカーブしたハクチョウの首と頭。

それらの生地には、雪をかぶったような、白いパウダーが美しく散らされている。

少しお皿を回して眺めた新平は、うん、と感心してフォークを手に取った。

二層になったクリームは、どちらもさっぱりしている。上は生クリームで、下はなんだろう。とにかく、さわやかな味わいが感じられる。

レモンかなにかのクリームだろうか。

考えながらコーヒーをちびっと飲み、また刑事の張り込みのように外の景色を眺め、今度はシュー生地といっしょにクリームを味わう。

スワンのかたちがほとんどなくなった頃に、建二が姿を見せた。

長袖のTシャツに、幅の広い、ひらひらの長ズボンをはいて、束ねた髪をねじりあげている。スマートフォンとお財布が入るくらいの、小さな手提げバッグを一つ持っていた。

「洗濯してたのか」

「うん」

「もう三時だぞ、乾かないだろ。乾燥機あるのか」

「ないけど。午前中、忙しかったから」

建二は不満げに言った。「どうしたの、急に」

「ん、いいから。まず、なにか頼みなさい」

建二が向かいに座るのを待つと、新平は命じた。

建二はメニューを見て、やはりケーキセットを注文した。ケーキはフランボワーズ、飲み物はホットのティーだった。

「なにしに来たの？」

男の店員に注文を済ませると、建二が訊いた。

質問はストレートだったけれど、表情と口調はだいぶやわらいでいる。さすがにこれ以上、急な呼び出しで老父を責めても仕方がないと悟ったのだろう。

新平は散歩用のショルダーバッグを開け、中から白い封筒を取りだした。

「はい」

とテーブルに置き、建二のほうへ滑らせる。

「なに」

「猫のお見舞い」

「え～、いいよ、そんなの」

言いながら封筒の中を確かめ、

「いいって、いいって。こんなに」

建二は慌てた顔をした。中身は一万円札が十枚だった。

「いいから。薬代の足しにしなさい。高いんだろ、動物病院」

うん、とうなずいて建二は封筒をバッグに入れた。意外なほど嬉しそうに頬を赤くして、小さく舌を出す。

「じゃあ、つかわせてもらうね」

「ああ」

新平はうなずいた。息子三人のうち、誰かにだけよくするといった気持ちはない。なるたけ三人平等に、というのは、昔からの考えだった。

その意味では、現状、建二には手がかかっていないのだから、甘い父親として、これくらいの、たまの援助はしたって構わないだろう。

「今日、まさかこのために来たの？」

ああ、とも、いや、ともつかない、曖昧な返事を新平はした。

「ママは？　誰が見てるの」

「ひきこもりが」

「ひっどい」

「借金も、しばらくいるっていうから」

「もう」

建二は少し責めるような表情をしながらも、やっぱり笑った。「何時頃に来たの、こっちに」

「さっき」

「へえ、じゃあ、来たばっかり？」

「いや、そこの神社にお参りした」

ふうん、と建二は半分感心したように、半分不思議そうに言った。

「なあ、ここのシュークリーム、食べたことあるか？」

新平が訊くと、建二はうなずいた。

「なんのクリームだ？　あれ。生クリームと……」

「ふつうのカスタードじゃなかった？」

「いや、レモンかなにかだろ」

「レモン？　そんなんじゃなかったと思うけど」

すっかり食べ終えたケーキ皿を見て、建二は首をかしげている。「それよりお父さん、前も早稲田の穴八幡に行ったって言わなかった？」

「ああ。行った。あれは去年な」

「お父さん。もしかしてママのために、いろんな場所でお参りしてる？」

「してる」

新平はうなずくと、口をとがらせてコーヒーの残りを飲んだ。

「そういうのって、神様、ケンカするって言うよ」

「そんなことないだろ」

新平はコーヒーカップを置き、ふっ、と笑った。ふん、ともう一度笑う。「おまえ、信じてんのか。そういうの」

「やめてよ、自分がお参りしてるくせに」

父親の適当さを責める建二の声を聞きながら、新平は、かっ、と笑った。


駅前の喫茶店というロケーションのせいだろうか。

窓から外を見ていると、なんだか誰かを待っている気分になる。もう待ち人は来ているのに。

それとも年を重ねて、「ここ」と「そこ」の境が、どんどん薄くなっているのだろうか。

「コーヒー、もう一杯頼んだら？」

自分のケーキセットを食べながら建二が言う。

「いや、いい」

新平は視線を戻し、首を横に振った。

「なんで、頼みなよ」

「いいって。トイレに行きたくなるだろ」

「行けばいいじゃない」

「いや、いい」

家の中や、よく知った界隈ならいいけれど、出先で思わぬ尿意を催すと、トイレを探すのも、おしっこをガマンするのも大変でひやひやする。

「それより売れたか？　あれ。お宝」

代わりに別の話題を新平から持ち出した。事務所にあったエロコレクションのうち、家に持ち帰った選《え》りすぐりを、さらに吟味して建二の家に送りつけたのだった。自分にはもう不要だったが、価値のありそうなもの、マニア受けしそうなものを選んでダンボールに詰め、連絡もせずに宅急便で送った。

半年も前の話だった。

「もう、本当に迷惑だからね、ああいうの。私、そういうんじゃないから」

赤いケーキをフォークで口に運んで、建二は言った。「場所取って、しょうがないんだから」

そういうんじゃない、というのはどういうことなのか。

古書販売を請け負う業者ではないということなのか。それとも女体に一切関心はないということなのか。後者はさすがにわかっているから、やはり前者だろう。

「でも売れるだろ、オークションに出すと」

「……うん、案外ね」

くちびるをすぼめて、建二は認めた。「いるんだね、お父さんの言ってたエロ愛好家。びっくりした」

「だろ。足しにしなさい」

「ねえ、お父さん、調子に乗ってすごいの送ってきてたよ、知ってるの？」

これはちょっと言いづらそうに建二が口にした。果たしてなにを送ったのか、覚えがない。

「なんだ」

「グラビアの切り抜き」

「ああ、週刊誌のな。ああいうのも、今はなかなか手に入らないだろ」

「知らないって、そんなの。あの中にすごいのがまじってたよ」

「見たのか」

「見ないと出品できないでしょ。なんか、動物の異種格闘技戦ってタイトルがついてて、サイとゾウだとか、トラとライオンだとかが交尾してるの。お父さん……そんなのにまで興味あるの？」

「まあな。よく覚えていないけどな」

新平はさらりと言った。人生の半分をかけたコレクションだった。写真集が一番多かったけれど、春画から昭和エロスの生写真、官能小説から研究レポートまで、いろんなものがごったに交じっていた。「売ったのか、それ？」

「捨てた」

建二は首を横に振って、
と答えた。

3

ケーキセットをぱぱっと食べ終えると、建二がスマホで時刻を見た。

「このあと、うち来る？　みーちゃんに会ってってよ」

「ああ」

その提案に新平は素直にうなずいた。

今の建二の家には、一度も立ち寄ったことがない。というより、近場のわりに、ここの駅に降りたのもはじめてだった。

上のパーラーの支払いは、一階のレジでする。

「ごちそうさん、おいしかった」

新平が伝票とお札を渡し、レシートとおつりを受け取った。

それを財布にしまいながら、

「あれは、なんのクリーム？　ハクチョウのかたちのシュークリームの、下側のは」

勝手に店長と目星をつけた男性に聞くと、

「シュークリームの中身ですか？　生クリームと、カスタードクリームです」

人のよさそうな笑顔で教えてくれた。

「あ、そう。なんかレモンとか入ってない？」

「レモンは、入ってないですね」

「さっぱりしてたから……。はい。カスタードクリームね」

新平はうなずき、もう一度お礼を言った。

「ほら～、レモン入ってない、って私が言ったのが合ってたでしょ」

地元住まいの建二が、それしきのことをずいぶん得意そうに言った。


建二の住まいは、踏切を渡った向こう側ということだった。

渡ってすぐのところに、なかいた、と平仮名で書かれたアーチがかかっている。

「なかいた、って言うのか、このへん」

「言うね。中板橋で、略して〈なかいた〉。いたばしプロレスに、なかいたへそマスクっていう選手もいるよ」

「なんだそりゃ」

「ここの商店街の公認レスラー。いたばしプロレスっていう団体があって、隣の大山あたりでよく試合をしてるんだけど、何年か前にデビューしたの。なかいたへそマスク……」

「へえ」

情報が多そうだったので新平が途中まで聞いて適当に返事をすると、ちゃんと聞いていないとバレたのか、建二がぐっと身を寄せて、耳に直接話しかけてきた。

「ねえ、聞いてる？　なかいたへそマスク。へー、そー」

おどけたように言って、建二は身を離した。

「へそ？」

「中板橋は、板橋のへそなんだって。毎年、へそ祭りだってやってるよ」

「どこも大変だな、町おこしで」

新平は言った。

ゆったり道幅の広い商店街だった。さびれているのかと思えば、時計店、洋品店、呉服店、昔ながらの店舗がまだ営業をつづけている。

「よさそうな店があるじゃないか」

「お父さんの好きそうな食べもののお店も、あっちにいっぱいあるよ」

曲がり角を指して建二が言った。そういうことなら、帰りに寄ってもいいなと思った。

近くの知り合いなのか、建二が同年輩の女性とばったり出くわして、その場できゃあきゃあと話しはじめた。

その騒ぎを、半歩離れて見ていると、

「お父さん」

と紹介された。娘気取りで、うしろから腕を組むようにして、ぐい、と引っぱってくる。さっきから微妙にスキンシップが多めなのは、ここが建二の地元だからだろうか。

「どうも。建二の父です」

新平はすました顔で挨拶をした。

くちびるのかたちが似てる！　というのが、銀髪でショートカットの女性の感想だったので、新平はサービスで、いつもより少しキツめにくちびるをとがらせてみせた。

「カメちゃんっていうのか、おまえの彼氏」

ふたりの立ち話が終わってから、そんなところだけは地獄耳だ、ちらっと聞こえた情報で建二をからかうと、

「うん、カメちゃん。かずきっていう名前なんだけど、漢字の一と亀って書くの。仕事はカメラマン。両方のカメをかけてるの」

建二が照れくさそうなわりに、父親が聞いてもいないことまでしっかりと答えたから、

「あ、そう」

新平は、どんな顔をしていいかわからずに、ちょっと困りながら答えた。

4

商店街をしばらく行くと、大きな菓子店があったので、新平はなにも言わずそこに入った。

一瞬、先に行きかけた建二があわてて戻って来る。

店頭にあった炭火焼きのせんべいを一袋買おうと思ったのだったが、店内に入ると、お菓子を陳列した棚が、壁をぐるりと巡っていて壮観だった。

しかも棚から直接手に取れるようだったから、建二にカゴをふたつ持ってこさせて、それぞれが一つずつさげると、

「おまえも好きなの買いなさい」

と新平は命じた。

「炭火焼き」「高級せんべい」「あられ」「クッキー」「キャンディー」「輸入菓子」

一列ごと、棚の上のガラスだかアクリルだかの板に刻まれたむらさきの文字は、躍るような書体といい、かすれ方といい、明らかに昭和のものだろう。

中央の屋台めいたタワーにも、同じく安藤《あんどう》のお菓子、安藤の炭火焼き、とこちらも古めかしい書体の文字が掲げられている。

どうやら安藤というのが店名のようだった。

新平はカゴ一杯に、建二は三つほどお菓子を入れて、それをレジに運んだ。

ずいぶんハイカラな顔立ちの、バタくさい美人が応対してくれたので、会計を済ませてから、新平は店の歴史を聞いた。戦前から営業しているお店で、現在の店主が三代目。以前はこの裏でせんべいを焼いていたけれど、今は埼玉に工場があるらしい。

「カメちゃん好きなんだよね、ここのおせんべい」

自分のエコバッグに入れたお菓子を見て、建二が嬉しそうに言った。菓子店の通りから角を一度曲がり、ゆるゆると歩いていた。「今日、休みで待ってるし、喜ぶと思う」

「いるの？　今」

石神井川《しやくじいがわ》に出たところで、新平は足を止めた。

正面に青い欄干の橋がかかり、川沿いの道には背の高い木が植わっている。

「うん。いるよ」

予想外の答えが返ってきたので、大正生まれの元軍人、明石新平は一気に腰が引けた。

「じゃあ、俺は帰ろうかな」

「えー、うち、もうすぐそこだよ」

「いや、やっぱり帰るよ。ママが心配だから」

「ずるい、ママを言い訳にして」

建二にはめずらしく、きつい言い方をした。「今日は、会いに来てくれたんじゃなかったの、彼に」

「いや、全然そんな話は、してなかっただろ。今まで」

「こわいの？」

「なにが」

「お父さん、なんでも自分が引き受けるって顔してるくせに、結局、肝心なことは見ないで、すぐ散歩に逃げるんだから。ママが怒ってたのも、そういうところだと思うな」

自分を棚に上げる癖のある次男が、偉そうに言い、新平はムッとした。

戦前、戦中、戦後。平成に入ってからだって、どれだけ修羅場をくぐったと思っているのだろう。

それを経たうえでの、新平の生き方だった。

なのに、甘く育てた息子にこうやって意見されているのだから、いい面《つら》の皮だった。

できないやつは仕方がない。

可哀想に。

長男と三男に関しては、よくそんな思いを持つ新平だったが、次男にも似たような、あきらめの感情を持ったことはある。

次男のはずだったのに、長女を自認するようになったのだから当たり前だ。せっかく入った大学だって中退した。

でも、まあ好きに生きればいいさ、本人が幸せならいい、と新平はすべて許したのだった。

もちろん、そのいつだって甘い対応が、今のぎりぎりかたちだけ残った高齢の明石家を作っているのは間違いなさそうだったけれど、では、どうすればよかったのだろう。

……考えたって仕方がない。

年を重ねれば重ねるほど、新平はますますそんな心境になるのだった。

どうせもう、とっくに過ぎてしまったことだ。

それに、たとえどこのどの時点に戻って手当てをできたとしても、きっと違うほころびは生じるに違いない。

家族なんて、そんなものだと新平は思っていた。

「ふん。今さらこわいことなんかないよ、この年になれば」

新平は言った。

突き詰めてそんなふうに考えたことは、しばらくなかったけれど、なにかを極端に恐れる気持ちを自分の中に探しても、今はとりあえず、まったく思い浮かばなかった。

これまで我慢もずいぶんしたつもりだったけれど、そもそも自分だって、たいがい好き勝手はしてきたのだった。

あとは死ぬときに満足なら、それでいい。

もし不満足なら、それもまたよかった。

「だったら、やっぱり、うち来る？　本当にすぐだよ」

建二が言う。

「いや、帰る」

新平のきっぱりした答えを、もう苦笑しながら受け入れている。建二も、やはり明石家の人間なのだろう。

「じゃあ、夕飯のおかず買ってあげる！」

なぜかはしゃぐ自称長女と、惣菜屋、漬物屋を順に覗く。

惣菜の「日の出屋食品」で焼き魚と卯の花、田舎煮。漬物の「坂《さか》井《い》善三《ぜんぞう》商店」で白菜漬け、蕪とキュウリのぬか漬けを選び、新平は自分のお金で払った。

加えて建二にも、また「好きなの買いなさい」と選ばせて、鶏モモ焼二つと、これは絶品だという漬物屋の柚子ジュレトマトも買って持たせる。

会計ごとに、ここは自分が払うと主張する次男を、すべて老父が制したのだった。

強く言い返さないところをみれば、猫のこともあったし、きっとそんなに家計が潤ってはいない時期なのだろう。

ただ、漬物屋の奥さんとのじゃんけんで、建二は勝ち、新平は負けたのだったが、結果によって変わるおまけ、小さな漬物の試供品を、勝った自分のものと交換してくれた。

手提げの買い物袋も、駅まで持ってくれるという。

「ねえ、さっきから、たまに人にぶつかりそうになってるよ、みんな、よけてくれてるけど」

建二が新平の肘を、ぐい、と引いて言った。「気をつけなよ、パッパパッパ調子よく歩かないで、もっとゆっくりでいいんだから。それに、もしかして、目があんまり見えないの？」

「……あ？」

「目、見えてないの？　緑内障だか白内障だか、むかし手術したよね」

「前から目はよくないんだよ。左がちょっとな。この時間はまだいいけど、暗くなると、だいぶ見えないな」

「あっぶない。つえ使いなよ」

「いや、使わない」

「なんで」

「そんな年寄りみたいなもの、使えないだろ」

「やめて！　年寄りでしょ、とっくに」

「ふん」

十月に入って、日の落ちるのもずいぶん早くなっている。そろそろ帰ったほうがいい時刻だろう。

「石神井川、春の桜がきれいだから見に来てね、来年」

まだ秋なのに来春の約束をして、商店街を駅のほうへ向かう。

「タクシー乗って帰ってよ。やっぱり危ないから。椎名町まで、二千円くらいだし」

うん、ああ、わかった、とうなずきながら、新平は帰りもやっぱり東武東上線を使おうと思っていた。

第九話　妻の眠る場所

1

池袋の東口、パンと洋菓子と洋食の店、タカセのビルの前にあるバス停で、都バスの出発時刻を確かめた。

まだ少し時間があったのでタカセの一階、パンと洋菓子の売り場に入り、行楽の共にいくつか買い求める。

甘党の新平としては、やはり定番のあんみつドーナツははずせない。ほかには玉子サンドを買い、ストロベリーロールと、ミックスクッキーも買った。花とハートのマークがついた可愛いレジ袋をさげ、到着したバスに乗り込む。

前半分の席には、全部に優先席のマークがついていた。もちろん新平は優先される側だから、躊躇することなく、どしっ、と好きな席につく。

護国寺を通って東京ドームシティへと向かう、東口始発のバスだった。乗り込んだのは、全員が七十歳は超えていそうな高齢の男女ばかり。

新平も入れて六人だった。

沿道に木が植えられ、グリーン大通りと呼ばれるらしい道を走り出したバスは、すぐに最初のバス停「東池袋一丁目（豊島区役所）」に停車する。

一人が降り、また高齢の一人が乗り込んでくる。

新平は先月誕生日を迎え、九十四歳になった。

九十代もいよいよ半ばに近くなって、さすがにゆっくり、のんびりと日々を送るようになったかといえば、べつにそうでもない。

毎朝、自己流のオリジナル体操をたっぷり一時間半こなすのは相変わらず。屈伸、開脚、背伸び。肩を回し、足首を伸ばし、左右に体をひねる。右にひねったのと同じ回数、しっかり左にもひねる。立ち上がって、その場で小さくジャンプ。両手を前に上げ、指をひらひら、ぷらぷら。口を大きく開けてベロを出し、ぐるん、ぐるん回して表情筋も鍛える。

そんな運動が、バリエーションも豊富に何セットも。いつもの長いコースを終えるのに、以前より、ほんの少しだけ時間はかかるようになったかもしれない。

でもそれは、妻の胃瘻を終えるには、ちょうどよいくらいの遅れだった。

クールダウンの伸びと深呼吸をして、はい、と健康体操を終えるころには、栄養パックはもうカラになっている。

トイレに立ち、寝間着から着がえ、湯を沸かして注射器に取り、胃瘻のカテーテルに流し入れて洗浄する。

やがて車椅子に座らせた妻といっしょに居間へ行くと、新平はカフェオレボウルいっぱいに思いつきの栄養素を詰め込んだ、自分用の健康朝食をつくって食べ、ダイニングテーブルに向かわせた妻と、ふたりの時間を過ごす。

今朝もそうだった。まったく早朝というわけでもないのに、二階に住むダメ息子ふたりはなかなか起きてこなかった。

「どっか痛くない？」

「……いたくない」

「あ、そ」

愛想があるようなないような、新平の問いかけに答えた英子は、夫の顔を見て、にこにこ笑っている。

あれほど仕事のことで文句を言い、また、浮気を疑って新平を責め立てたのに。

今はそんなに楽しいのだろうか。

だったら、それでいい。

新平にだって日々の不満や呆れ、長年の感情のしこりがなかったわけではないが、いざこうして妻が弱ってみると、やはり大切だと気づかされた。

同郷の妻のことは、子どもの時分から知っている。長い付き合いだった。

「老けたなあ、ばあさん」

真っ白な髪をして、目尻や口元にたくさん皺の寄った英子を見て、新平はしみじみ言った。

ひなびた山間の街の一番のにぎわい、夏の祇園祭で、きらきら輝いていた姿が、その老いた姿にきれいに重なって見えた。

鉦《かね》や太鼓が鳴り、五台の山車《だし》が街中を引かれて回るなか、とくになにをするでもない、新しく縫った浴衣を着て、小さな下駄を鳴らし、気取ったような顔で歩く英子が美しく、大勢の男たちが息を呑んだのを新平はよく覚えている。

「……おじいさんも」

「は？」

「……ふけた」

「俺か？」

「……おじいさん」

その妻が、指をさして笑っていた。

バスは高速道路の横を走っている。二つめの停留所「東池袋四丁目（サンシャイン前）」で老人ふたりが降り、ようやく若い女性、小さな子ども連れをふくむ、四人が乗り込んできた。

都電荒川線の駅がそばにあるから、利用客が多いのかもしれない。

それにしても池袋の駅前から乗って、なんとまあ近い場所で降りるもんだ、と内心思っていた新平自身も、次の停留所「雑司ヶ谷霊園入口」で降車した。

いっしょに三人おりたが、目指す場所は違ったようだ。

大通りを渡り、霊園に足を向けたのは新平ひとりだった。低い石垣と、ツタをからませた金網、すぐ向こうに立つ生い茂った木々で歩道と隔てられた霊園を、入口を探して回り込むと、ちょうど中が覗けないくらいの高さの生け垣となった側のすぐそこに、Ω形の車止めが見えた。

真っ直ぐ日の射すその小さな入口から、緊急時の地域の避難場所でもあるらしい、都営の墓地に新平は足を踏み入れた。

親類縁者や、誰か知り合いが眠るわけでもない。

文学者や俳優、画家など、著名人の墓が多いと聞いたことはあったけれど、広い敷地のどちら側だったか、新平は通りすがりに中をちらりと覗き見たことがあるくらいで、こうやって墓地内をしっかり歩くのははじめてだった。

日よけの木がちょうど立っているのに遮れない、正面からのきつい日差しに目を細めながら、お墓とお墓のあいだの細い道を歩く。

お墓の番地のような、「種別」と「号」「側」を知らせる白い柱が途中途中に立っているのは、きっとそれがないと、墓参に訪れても行き先を見失うからだろう。それくらいに広く、たくさん墓が並んだ墓地だった。

やがて大きな案内板を見つけ、新平はトイレや管理事務所の位置を確認した。

ところどころ、丸囲みされた番号のシールが貼ってあり、そこに著名人のお墓があるようだった。

夏目漱石《なつめそうせき》、竹久夢二《たけひさゆめじ》、ジョン万次郎《まんじろう》、小泉八雲《こいずみやくも》、永井荷風《ながいかふう》、大川橋蔵《おおかわはしぞう》、泉鏡花《いずみきようか》……そんな名前が記されている。

案内板から少し行くと、たしかにジョン万次郎こと、中浜《なかはま》万次郎の大きな墓があった。幕末に漂流してアメリカに渡った土佐の漁師で、帰国後に通訳として活躍した、というくらいしか新平は知らなかったが。

そのとなりにタカセのクッキー缶や喫茶室に飾られた絵でもおなじみ、洋画家の東郷青児《とうごうせいじ》のお墓がある。

「へえ」

感心しながら、墓地を散歩させてもらっていることの失礼をわびて、それぞれのお墓に手を合わせた。

せっかくだからと、著名な人の墓のあるあたりを目指し、落葉のよく掃かれた道を新平がぷらりぷらり歩いていると、地図を手に、同じように散策している人を何人か見かけた。

いかにも定年後の楽しみといった年頃の男性のほかに、若い女性の姿も見える。白いコートを着た、二十代くらいの女性とたびたび行きあった。

立派な業績とともに、歴史に名を残した人たちのお墓を、やはり見て回っているのだろうか。年格好にはあまり似合わない趣味だなといぶかってから、そういった歴史好きな女性が最近は多く、彼女たちのことを、なんとかと呼ぶのだと、以前、建二に教わったのを思い出した。なんと呼ぶのかは、まったく思い出せなかったが。

きれいに黄色くなったイチョウの木が並ぶ道を歩き、やがてずいぶんしゃれたつくりの、夏目漱石の墓を見つけた。

記念碑めいた大きな墓石の裾が、なだらかに傾斜し、両脇に小さな石柱が密着している。お線香を立てる台の脇にも、両足を投げ出したような斜めの石があり、地面からの少ない段を長く挟んでいた。

ここでも白いコートの女性に行きあったら、これは立派な墓だね、とでも話しかけて、歴史好きな若い女性のことをなんと呼ぶのだったか、本人に訊ねてみようかと新平は思ったけれど、お目当ての偉人の墓参は済ませたのか、それともどこかべつの区画を目指したのか、あたりに姿は見えなかった。

2

新平の父親が亡くなったのは、平成に入ってほどなくだった。

明治生まれの父親は、大正、昭和、平成と生きたから、大正末に生まれ、令和の今を生きる新平とは、同じ数だけの元号を暮らしたことになる。

家業の和菓子店を継がず、建前の宴会が楽しそうだと近所の大工の棟梁に弟子入りした父親は、酒好きで、口下手だった。

性格は新平よりも、やはり本家を継いだ次男の幹安によく似ていた。

新平が東京へ出てしまったことを、長男びいきの母だけでなく、寡黙な父親もとても残念がっていたと、新平は今年になって末の妹に聞いたのだったが、そんなことへの恨み言も一切口にせず、東京に来ると新平の家によく泊まり、建二あたりを道案内に、父は街歩きを楽しんでいた。

「今日、じいちゃんとどこ行った」

建二に訊ねると、口止めされたのか答えなかったけれど、

「パチンコだろ」

と指摘すれば、途端に目が泳いだから、ほぼ間違いなかった。

昭和五十年前後だろう。まだレバーで一球一球弾くころのパチンコ台で、大人が連れて入れば、

遊技場に子どもがいてもそうとがめられなかった時代だ。

ただ、服に煙草のにおいがつくと英子は嫌がっていた。

建二は景品のチョコやキャラメルをもらって、おじいちゃんの手下となっていたのだろう。もっと年寄りだと思っていたが、当時、父はまだ六十代の後半か、七十になったばかりだっただろうか。

すでに仕事と家を息子にゆずり、悠々自適の隠居暮らしといった風情だった。

七十代後半になってからは、出歩くこともぐっと減り、さらに老人然としていたらしい。地元で晩酌を楽しむ好々爺として過ごし、わざわざ東京の新平宅を訪れることも、滅多になくなった。

通夜は幹安の家でやり、葬儀は寺でおこなわれた。

寺までの山道が舗装されておらず、車も一台通れば、あとはどこかで待避しなければならない。若い連中は全員徒歩での行進を命じられ、参列した親族たちから、苦情に近い不満の声が聞かれたのを覚えている。

新平はじめ、すでにM町で暮らしていない者とその家族は、幹安の継いだ本家と、そのすぐとなり、布団店を営むしげるの家に分散して泊めてもらった。

新平一家は、たしか孝史を残して四人で訪れたのだった。すでに引きこもって久しかった長男に、

「じいちゃんの葬儀だ。いいから、おまえも来い！」

と新平が強く命じて、めずらしく感情をむきだしにした孝史とつかみ合いになり、
「行かないって。ぜったい行かないから、早く出て行けよ」
と、はっきり拒絶されたのだった。むかしパパと呼ばれたかった甘い父親としては、内心深く傷つくことになった。

誰かが一緒に残るわけにもいかず、以前ちょっとだけ子どもたちの世話を頼んだことのある顔見知りの奥さんに、食事だけ届けてもらった。

父は九十歳の大往生で、親族にはお調子者が多かったから、ずいぶん陽気な弔《とむら》いになった。棺に故人の大切なものを入れるようにと葬儀社の人に促されて、ばあさんを入れろ、と実際に担ぎ上げる騒ぎになったのはこのときだ。

通夜の営まれた本家には、郷里ではよく見かけるフルーツの缶詰が仕込まれた花輪が並び、弔いのあと、車庫で倒して子供たちに好きなように持っていかせていた。

新平の家は建二も雄三も成人していたけれど、しげるの娘あたりは、まだ高校生だったはずだ。末の妹、はるえの子どもは、もっと小さかっただろう。

あの頃はまだ、父親の弟、つまり新平の叔父が継いだ和菓子店がつづいていたから、そこのお菓子もふるまわれた。

どら焼きよりもうすい皮に、うすく餡を挟み、砂糖を振った「紫峰の雪」というのが店自慢の一品だった。

新平は特にあの味がお気に入りで、帰郷したときによく買い求めた。

叔父が店を閉めたのはそれからすぐだったか。いつかまた食べたいと思うのだけれど、なかなか似た菓子も見つけられない。両口《りようぐち》屋《や》是清《これきょ》にある「よも山」という菓子に味は近かったけれど、それをさらに平べったくしたのが「紫峰の雪」だった。

そっくり同じものには、きっともう出会えないのだろう。

年を重ねると、そういうあきらめは、どんどん多くなった。


ういーん、ういーん。

ういーん、ういーん。

霊園内には、植木の剪定をする作業車が入っており、その音が遠くから響いている。

墓石にきちんと花を供え、ひしゃくで水をかけているご婦人がいる。

ご苦労様、と黙礼をして脇を通り過ぎる。

もちろんこれだけお墓があるのだから、お彼岸のときなどはずいぶんな人出になるのだろう。みんな、ちゃんと墓をみてくれる子孫がいるなんてうらやましい。

なんとものどかな、あたたかな日の射す午後だった。

妻が倒れて世話をするようになってから、以前のように、気ままに毎日出歩くことは叶わなくなった。

そのぶん家での運動を増やし、午後の気が向いた時刻には、スライド式の健康器具に足をのせ、キーガシャン、キーガシャン、と開脚運動をしている新平だったが、やはりこうやって外を歩くのはいい。

特に緑の多い場所は、いくら歩いても疲れを感じなかった。

車がたっぷり二台通れる幅の通りに出て、お墓と緑に挟まれた舗道を行く。

こんな天気のいい午後なら、ここで英子の車椅子を押してやりたいと思う。

今まで好き勝手なひとり散歩に明け暮れた新平が、ふとそんなことを思うのだから、そろそろ終わりの仕事をする年になったのかもしれない。

英子のほうはこの十一月で、九十三歳になるのだった。


管理事務所の前にベンチが並んでいたから、新平はそこで休むことにした。

自販機でお茶を買い、タカセでもらったお手ふきで指先をぬぐうと、玉子サンドとあんみつドーナツを、つづけてぱくりぱくりと食べる。

木々の中にある静かな霊園。

こんなところで休める人は幸せだな、と新平はしみじみ思った。

さっき墓参りをしていたご婦人が、管理事務所に立ち寄るのが見える。年の頃は、雄三と同じくらいかもしれない。

あの役に立たない三男は、つい三日ほど前にも、また余計なことを言いはじめたのだった。

「お父さん、お話が」

あらたまって呼ばれると、心臓が止まりそうになる。

「なんだ、やっと会社畳むのか。俺への借金の返済か？　どっちも歓迎だぞ」

警戒しながら先回りすると、

「いえ、お母さんのことで」

と言う。本人には聞かれたくない話のようだったので、妻と長男を居間に残し、介護ベッドのある和室にふたりで入った。

ジャージ姿の雄三は、汚いひげ面に、目だけきらりきらりと輝かせている。悪気のなさそうな表情が、かえっておそろしかった。

「ちょっと座りましょうか」

と雄三が言った。十年ほど前までは、いちおう会社勤めをしていたのを思い出させるような、慇懃《いんぎん》なしゃべり方だった。

「長いのか、話」

「いえ、そういうわけでもないですけど」

「めんどくさいやつだな、おまえ」

雄三のことに関しては、もはや心の声がストレートに口をついて出るようになった新平は、部屋の隅の座椅子にどっしり腰を下ろした。

六畳の真ん中にテーブルが置けた頃には、布団をたたむと、まず立てかけてあったテーブルを戻し、座椅子もいちいち運んできていたけれど、妻のベッドが部屋の半分を占めてからはそれも難しい。

部屋の隅、床《とこ》の間の前が、座椅子と余った座布団の定位置になった。

新平はまるきり牢名主《ろうなぬし》のように、その座椅子の上に重ねた座布団に座っている。

雄三は自分の分厚い体をクッションのようにして、暗いあずき色の絨毯を敷いた畳の上に、そのまま座った。

「で、なに。ママがどうしたの」

新平は話の先を促した。家にいるなら、少しくらいママの面倒をみろ、と叱ったばかりだったから、その件だろうか。

「お父さん、もし大変だったら、お母さんを介護施設に入れることも、そろそろ考えたほうがいいんじゃないですか」

つねに考えの甘い三男が、さもいいことを思いついたように言った。

大方、新平の体力の衰えを感じとって、これから自分もあれこれ手伝わされるのを回避したいのだろう。

「は？　なにバカなこと言ってんだ？　無理に決まってるだろ、そんなの」

新平がぴしゃりと断じると、

「いやあ、お父さん。そういう感情論じゃなくて」

ちょっと鼻先で笑うように雄三が言い返したので、新平は、かちんときた。

「感情論？　なんのことだ、そりゃ？　俺はべつに感情でなにか言ってんじゃないよ」

新平は内心カッカしながらも、口調は冷静に言った。「金だよ、金。感情じゃなくて、勘定。そういう施設に入れるのに、一体いくらかかるか、おまえわかってんの？」

「さあ」

雄三は首をひねった。やはりなにも知らずに、思いつきで口にしたようだ。五十いくつにもなって、なさけない。

「特別養護老人ホームとか、そういうのに入れるっていう話か？」

「ありますよね、そういった、公営みたいのが」

「安くて、条件のいいところはみんな順番待ちだぞ。それに、安いって言っても月々十万とか十五万とか、それなりには払うんだぞ」

具体的に、細かく調べたことがあるわけではなかったけれど、二十三区内の特養にそうそう空きがあるとは思えない。古い聞きかじりと想像で新平は言った。

「そうなんですか」

「当たり前だ」

新平は腕を前に組み、ぴんと背すじを伸ばした。「すぐに入れる民間の老人ホームなんて、入居金を何百万も払って、さらに毎月二十万とか三十万なんだろ。介護つきの高級分譲マンションみたいのもあるらしいな。そっちは何千万か？　雄三、おまえ払うか。払ってくれる？　貸した金を全部返してくれたら、なんとかできるかもしんないな」

「いやいやいや。お父さん、わかりました。すみません」

雄三は首をぷるぷると横にふると、わびるように手をついて立ち上がり、大きな尻をこちらに向けて去って行った。

3

墓はもうあきらめたと、この十年、十五年ほどで新平は何度口にしただろう。

実際、じょじょにそうやって覚悟を決め、医大の白菊会に献体の登録もし、最後は散骨でいいだろうと新平本人は思っていたけれど、なにかと世間体を気にする英子は、それを嫌がるかもしれない。

いやだわ、そんなの。さびしいわ。

そんなふうに言うのを聞いたこともある。

妻の眠る場所は、やはりきちんと作ってやらないといけないだろうか。

あるいはそうやって妻のせいにしながら、自分も墓にずっと未練があるのか。

念のため管理事務所に寄って、この霊園に区画の空きはないかと訊ねると、もうずっと長い間、墓地使用者の募集はしていないと教えられた。

ご遺骨を一時的に預かる施設はあり、そちらが一年ごとの更新になるという。五年預かりで更新可能な、崇祖堂《すうそどう》という短期収蔵施設もあるが、そちらにも簡単には入れないらしい。

空きが出た年に、そのぶんだけ抽選というかたちになるとのことだった。

きれいな黄色のイチョウ並木を、今度は葉を見上げてもう一度ぷらりと歩き、ひゅっと鼻先をかすめて落ちたギンナンに驚いてから、高嶺の花のような素敵な都立霊園を出ると、新平は都電の線路を目指して歩いた。

踏切のすぐ手前には、ホテルかと思うような、真新しい、高級そうなつくりの「介護老人保健施設」があり、実際のところどういう広さで、どういうサービスがあり、どういう料金体系なのか、参考のために今度きちんと調べてみようと思いながら、施設の名前も覚えずに踏切を渡る。

左手に大鳥《おおとり》神社が見えた。

鳥居の前に、カラフルな「酉《とり》の市」の横断幕が掲げられている。

令和元年十一月。

一の酉が八日、二の酉が二十日と横断幕に記されている。今年は二の酉までらしい。

ちょうど一の酉の今日、小さな神社はほどよいくらいの混み具合だった。

たこやきや焼きそば、ベビーカステラ、食べものの屋台が立ち並ぶ間を抜けて、手水舎に寄り、無理なく参拝の列に並ぶことができる。

夜はもうちょっと混むのだろうか。

会社をやっていたころに毎年繰り出した新宿の花園《はなぞの》神社は、どの道へ入ってもぎゅうぎゅうの人混みで、ずっと押しくら饅頭をしているようだった。

一度ふんぱつして大きな熊手を買い、きっちりご祝儀をはずんでからは、毎年その番号の熊手商のところへ寄ると、すでに社名入りの大熊手が、前年よりもさらに大きくなって、しっかり用意されているようになった。

明石建設の経営が傾き、妻以外の従業員を全員解雇してからも、一、二年ほどは、縁起かつぎと景気づけに同じ熊手を受け取りに向かったけれど、所詮は見栄と思い、すぐにそれはやめた。

以降は、酉の市と熊手に特別な関心はなかったけれど、何年か前、この大鳥神社にふと立ち寄ってからは、気が向いた年はこうして足を運ぶようになった。

雑司ヶ谷の大鳥神社は、恵比須神を祀っていて、賽銭箱は大きな巾着袋のかたちをしている。

商売人には、いかにも縁起のいい神社だろう。

参拝を済ませると、威勢のいい熊手商のところではなくて、社務所で「福包熊手御守」をいただく。長さ二十センチほどの熊手に、福の文字が記された巾着袋が下がっている。毎年、その袋と文字の色が違い、今年は水色の袋に白い文字だった。

初穂料をおさめてその御守をいただくと、金と銀の小判が当たる抽選くじがもらえる。

一の酉では、金が一枚、銀が四十枚当たるようだった。

その抽選会が今年は夜九時からとのことで、昼はお神楽《かぐら》、夜は演芸を境内の神楽殿で披露して、それまでの時間をつないでいるらしい。神楽殿の前には、長い椅子が何列も出されていて、屋台のものをそこで食べている人もいる。

とてもこの場で待つつもりはなかったけれど、当たるといい、当たるといい、と思いながら家に帰るのもひとつの楽しみだった。

花園神社では必ず英子の好物の切山椒《きりざんしょう》と、みつ豆に入っているような、塩茹でした赤えんどう豆を毎回買っていたが、この規模の神社では、そういう屋台は見当たらなかった。

そもそも茹で豆自体、もう売る店もないのだろうかと新平は思った。

第十話　妻といっしょに

1

十二月六日は亡き母、明石タケの命日だった。

とはいえ当日、次男の建二から電話があり、

「お父さん、今日ってなんの日だ」

娘ぶった甘い声でいきなり訊かれても、

「は？　今日？　知らない」

と新平は無愛想に答えるしかなかった。正直なところ、母の命日のことなど、すっかり忘れていた。「橋本《はしもと》造園なら、もう来て、庭やってくれてっぞ」

「橋本造園の、光《ひかる》くん？」

そう、と新平はうなずいた。明石建設をやっていたころに、造園をよく依頼していた業者だった。十五年ほど前に先代は他界し、長男があとをついでいる。新平が会社を畳んでもう二十何年になるけれど、昔のよしみで、庭のことなら、頼むとなんでもやってくれる。庭のこと以外でも、

以前、アパートの掃除を頼んだこともあった。

「そういう予定じゃなくて。ほかには？　なんかない？」

「今日？　なんにもないぞ。ヘルパーさんも来ない」

「ひどいね、今日、おばあちゃんの命日だよ。二十五回めだって」

「あ、そう」

「みんなでもう山の上のお寺と、お墓に行って来たらしいよ。幹安おじちゃんが建てた〈新墓〉に」

「へえ」

Ｍ町の本家を継いだ幹安の家の娘たちと、建二はよくメールだかＬＩＮＥだかで連絡を取り合っているようだった。きっとそこから情報を得たのだろう。

Ｍ町にはもう少し便利な場所に先祖代々の墓があったけれど、新平の父は家業を継がなかったのでそちらには入らず、幹安が新しい墓を建てたのだった。そもそも、父親が亡くなった子ども――というのは新平たちのきょうだいになるのだったが――のために買った墓があった場所に、幹安があらためて父親本人の墓を建てたのではなかったか。

本家の娘たちは、幹安が建てた墓のことを、〈新墓〉と呼んでいるらしい。もちろん、母タケは〈新墓〉にいる。

「自分のお母さんの命日、忘れる？」

あきれた口調の建二に訊かれて、ふん、と新平は笑った。じゃあ父親の命日は？　と訊かれたとしても、やっぱり咄嗟には思い出せないかもしれない。あれはまだ夏の暑い盛り、お盆の翌週、八月の二十日か二十一日だったか。

「いいの。長く生きてっと、いろんなこと忘れんの」

　新平が開き直ると、

「結局、自分が看取ってないから忘れるんじゃないの？　あとのことも、なんにもしてないし」

　建二は余計な意見を述べて笑った。

　ふん。自分はとっくにこの家を出て行って、すぐ他人の顔をするくせに。

「で、なに」

　新平は訊いた。この家のことなら、老いた妻の世話から、庭木の剪定の手配まで、いまだに新平自身がしている。

　新しい介護ヘルパーさんのことも、訪問の看護師さんのことも、介護される本人をべつにすれば、全員をきちんと把握しているのはたぶん新平ひとりだろう。

「べつに。今日がおばあちゃんの命日だって、お父さん、覚えてるかな〜って思って。用はそれだけ」

「あ、そう」

　特に気分を害したわけでもない。新平はいつも通りの返事をすると、がちゃん、と電話を切った。

「社長、終わりました」

橋本造園の長男、光君に庭から声をかけられ、

「いや、もう社長じゃないって」

新平は笑いながら答え、サッシ戸のところまで歩いた。網戸を広く開け、そこから庭を眺める。ひんやりした空気が、いよいよ季節は冬だと教えてくれる。

花芽のついた枝を残して、梅の木と、柿の木がきれいに剪定されている。背の低いアオキや、この時期あまりいじらないツツジなんかもうまく整えてあり、荒れていた庭草は、さっぱりと片づいていた。

「見るか、ばあさんも」

食卓へ戻り、車椅子を押してもう一度、サッシ戸のところから外を覗いた。

「……きれい」

英子が目を細めたので、

「そうだな。はい、ありがとう」

新平は光君にうなずいた。この庭の手入れくらい、前は自分でやっていたけれど、脚立を使うのが危なっかしいからと、大きな木は人に任せるようになり、それから徐々に全部を頼むように

なった。「やっぱり年内に一度、きれいにしとかないと落ち着かなくてな」

「エビネ、だいぶ増えてますね」

「まあな、勝手に咲くんだよ、あれ」

松戸の建築現場で新種のエビネを見つけ、エビネ御殿を建てた職人のことは、当時の新平の仕事周りでは、知らない者のほうが少なかった。あやかりたいと株分けしてもらったのを新平がさらに増やして、知り合いに譲ったりもしていた。橋本造園の先代にも、新平があげたのではなかっただろうか。

最後の片づけに入った光君に、新平はお茶を用意した。

「光君。上がって。お茶、飲んでって」

帰るタイミングで声をかけると、はい、じゃあ、とテーブルに向かう。作業着に、ふかふかそうな、銀色のジャンパーを羽織っている。

「いただきます」

光君は新平と、つづいて英子にも会釈をした。今日も来るなり、「奥さんの具合どうですか」と気にかけてくれ、英子本人にも、あれこれと話しかけてくれた。

造園の仕事をよく頼んだのは、彼がまだ駆け出しのころだったのに、いつの間にか立派な職人兼社長になっている。いつまでも、光君、と呼んでいるけれど、年齢は五十歳近いはずだった。

「お母さんはどう。元気？」

今度は新平が訊ねると、

「いや、母はもう亡くなりました」

光君は恐縮したように答えた。

「あ、そう？　いつ」

「去年が七回忌でした」

「そう」

「いったよ、おつや」

新平と自分の顔を順に指さして、英子がやけにはっきりと言った。

「ええ、来てもらいましたよ。社長と、奥さんに」

光君が感心したように、笑顔で応じた。

どうやら妻のほうがちゃんと覚えているらしい。

言われてみれば、通夜に足を運んだような覚えもある。

これはもう自分の記憶もいよいよ怪しいな、と新平は感じながら、ちょっと話題をそらそうかと、ようやく完成したという新しい国立競技場の話をして、それから造園業の景気について訊ねていると、しゃれたカフェやレストランを経営する同業者が増えた、と光君が教えてくれた。

「カフェ？」

「ええ。庭にテラス席があって、女性客なんかには、ずいぶん評判がいいみたいですよ」

「ほう。女性客に」

「このへんだと、中野や練馬のあたりにもあるんじゃないかな」

「へえ。お宅はやらないの、そういうの」

「いや、うちは全然そんなんじゃー」

語尾を伸ばしながら言うと、しばらくスマホをいじって、新平のほうに画面を見せてくれる。

「こういうのです」

なんだか画面が小さくてよくわからなかったけれど、広い庭に、カフェだかレストランだかの建物が併設されている写真みたいだった。

「ふーん」

新平は曖昧にうなずくと、周囲をきょろきょろと見回して立ち上がった。ささっと電話台のほうへ歩くと、水色の表紙の大学ノートと、お尻に銀色のキャップをはめた、ちびた鉛筆を一本取って戻る。それを光君の前に置いた。

「書いて、ここに。店の名前と連絡先。あと、最寄りの駅も」

取り調べの警察官みたいに新平が命じると、気のいい橋本造園の長男は、口をつけかけた湯のみを、こつん、とテーブルに下ろし、

「社長、興味あるんすか、こういうの」

ちょっと笑いながら、驚いたように目を見開いている。「だったら、あとで地図刷りだして持

ってきますよ」

「あ、そ」

新平は親切な光君の申し出に甘え、地図を頼むことにした。

2

練馬の駅から園芸店までは、すたすた歩いて二十分くらいだった。

大通りをふたつ渡って左に折れ、イチョウ並木と青レンガのきれいな図書館の前を歩く。タコのすべり台のある児童公園。玄関先に柿のなる家。テニスコート。大きな杉の木。丸く刈り揃えられた民家の庭の松の木なんかを眺め、小学校の先を曲がると、すぐに駐車場が見えた。

イチョウの黄色い葉が、こんもりと、あちこちに積み上がっている。

敷地の広い、いかにも大型の園芸店という風情だった。

黒い鉄製のアーチをくぐって中に入ると、セールの旗の下に、ずいぶん生い茂った観葉植物の鉢が並んでいる。車椅子や補助カートが通り道に置かれ、ご自由にお使いください、と記されているのも、敷地がたっぷりとあるせいだろう。

白い壁の瀟洒《しょうしゃ》な建物が、入口から近いところにあった。

Aの形に立つ、黒板になったお店案内の看板に導かれて、テラス席を横目に、赤、紫、黄色、寄せ植えされた花の咲くプランターの間を進む。

カフェの名は、樹藝夢、と書かれていた。

じゅげむ、と読むのだろうか。

ガラス張りの、焦げ茶色のドアを開けて店内を覗くと、白いシャツをぱりっと着こなした男性店員に、どちらの席がいいかを訊かれたので、外のテラス席を指さした。

今日の新平の防寒対策はばっちり。ニットキャップを深くかぶり、長袖の肌着の上に長袖のポロシャツ、その上にセーターを着て、厚手のジャンパーという出で立ちだったし、よく日の射すあたりは、十二月とはいえ、まだ十分暖かそうだった。

日の当たるベンチ席に座ってメニューを眺め、本日のパスタを頼んだ。

サラダとスープ、焼きたてパン、コーヒーか紅茶がつく。

有機栽培だというレタスと紫キャベツ、水菜のサラダの上に、塩麹につけたのか、ぽつぽつと麹粒の残る、うすい鶏胸肉のハムが一枚のっている。

しゃっきりとした野菜と、さっぱりした鶏ハムをばくばくと食べ、次のスープを運んで来た店員の説明を聞く。

「なに？」

と新平は聞き返した。

「旬の野菜の、ペイザンヌスープです」

もう一度ゆっくりと、くり返してくれる。

さらにわかりやすく説明してもらうと、フランスの、田舎風のコンソメスープのことらしい。

具材は、さいの目に切ったベーコン、キャベツ、人参、たまねぎ。

「あ、そ」

カップに入ったそのスープの、具だけを先にスプーンですくって食べてから、ごくりごくりと飲む。パンの皿にはまだ手を伸ばさずに、あとはのんびりとパスタが来るのを待った。

テラス席には、他にも親子づれらしい女性客ふたりがいた。

母が七十、娘が四十といった年の頃だろうか。白い毛布にくるまれた犬が母の側にいて、暖かな日差しに目を細めている。

新平のほうからは、その犬の表情がよく見える。

短毛の、へちゃむくれた顔の中型犬だった。


「お父さん、ちょっとお話が」

キーッ、ガシャン、キーッ、ガシャン、と健康器具を使い、開脚運動をしている新平の背中に、雄三が声をかけたのは昨日だった。

決まった回数を終えてから振り返り、

「なに」

ぶっきらぼうに訊くと、さすがにもうあきらめただろうと思っていたのに、また借金の申し込みだったので新平は参ってしまった。

しかも明日までに必要な金。

「破産しろ」

と言っても破産しない。

「早く会社をたため」

と命じても聞く様子はない。

それで資金繰りの相談に来るのだから、意識してか無意識にかは知らないけれど、九十四歳のこの父は、完全に一番容易《たやす》い金づると見なされているのだろう。

「そこ、座れ」

二階の、妻の衣装部屋の入口に、新平は五十いくつになる三男を正座させた。

それから自分は立ったまま告げる。

悪いが、もう二度と金のことは助けられない。

中途半端に貸したことで、結局おまえを苦しめたかもしれない。

そのぶん手当てができたせいで、ここまで借金が膨らんだんだろう。

悪かった。

新平が謝ると、雄三は頭をたれている。息づかいが荒いと思うと、うっうっ、うっうっうっ、と泣いていた。

反省の涙かと、一瞬でも考えた自分は甘い。

「でも……どうしても……今回だけ……」

五十男が泣きながら、しぼり出すように言う。しぼり出すのは声なのか。新平のお金なのか。

「死ね、もう死んでしまえ」などとは、でも新平は決して言わないタイプだった。

これは新しい「耳なし芳一」かと首を振り、その悪霊に背を向けた。

ぽん、とＭａｃの起動ボタンを押して立ち上げ、一心不乱に座卓に向かって、泣き声を無視して、エッチな検索をし、健康食品の注文をする。

やがて背中に感じていた悪霊の気配は、しなくなった。


パスタはキノコとベーコンの、トマトソースのスパゲティだった。

たっぷりのエリンギとぶなしめじ、食べやすい大きさのベーコンが、もっちりとしたスパゲティとよく絡み合っている。

やわらかな白パンで、お皿に残ったソースまでぬぐって食べ、コーヒーのカップに手を伸ばすと、ちょうどケヤキの葉が一枚、真上からひらりとカップの中に落ちた。

べつに運が悪いとも、いいとも思わない。

新平は、ふん、と笑い、茶色いギザギザの葉をつまんでソーサーに置くと、コーヒーに口をつけた。

カフェを出てから、すぐ正面にある果樹のコーナーを眺め、大きなレモンの実をつけた鉢に目を留めた。

新平はことのほか実のなる木が好きだったけれど、さすがに自分の背丈とさほど変わらない高さの木を、持ち帰ることはできそうにない。

「こりゃ無理だな」

つぶやいてあきらめた。

クリスマスが近いからだろう、果樹の横には本物のもみの木が二、三十本はあり、レジのあるあっちの屋内には、ポインセチアやシクラメンといった、赤白の、くっきりと色鮮やかな鉢植えが大量に置かれている。

ずっと奥まである外の棚の鉢植えを見てまわり、ポット苗のコーナーで、白や黄色の花が咲いた、可愛らしい寄せ植えの鉢をひとつ、妻へのみやげに買った。

レジで支払いを済ませると、若い女性店員が、草花の描かれた来年のカレンダーをくれた。一枚ずつ、ポストカードとしても使えるらしい。絵は毎年、ここの社長が手描きしているということだった。

「へえ。達者だねえ。器用な人がいるもんだ」

新平は感心して、レジの女性に礼を言った。

3

光君が地図をくれたもう一軒のカフェにも、新平は翌週、足を運んだ。

西武新宿線の、都立家政にあるお店だった。駅から商店街を抜け、大通りを渡った先の住宅街にふと、緑に囲まれた一帯があらわれる。そこに妙にすっきりと外国めいた建物があった。

ベージュの壁に緑の窓枠が映え、前面に外階段が配置されている。

三階建てで、上の階がイタリアンのレストラン、下がカフェになっているようだった。

たっぷりと緑の置かれたタイル貼りの入口から進むと、新平はカフェの扉を開けた。

こちらでもテラス席をお願いする。

天井の高い、あちこちに観葉植物の飾られた店内には、大きな窓から日が射し込んでいた。その窓の向こうに、テラス席とその先の庭園が見える。アンチークなテーブルやソファの並ぶ脇を抜け、あちら側からテラコッタのタイルを踏んでウッドデッキのテラスに出ると、ほお、と感心する美しい庭園がそこにあった。

こちら側へ柵を乗り越えてくるように、木々が生い茂っている。

足もとにヤブランが黒い実をつけている。あちらに赤い実をつけているのは南天だろうか。

柵に一番近いテーブルを選んでぐるりを眺め、見上げると、藤棚のように格子に組んだ木に、太く、葉の大きなツタ系の植物が絡まっている。

「あれは、なに？」

テラス席のストーブをつけにきてくれた、エプロン姿の男性に訊くと、

「キウイです」

と笑顔で教えてくれた。

「キウイって、果物の？　これ。実がなるの？」

「最近はあんまり……毎年二つか、三つくらいで」

エプロンの彼は、キウイのツタを見上げて言った。「春先に、花はいっぱいつくんですけどね、白い花。でも、そのまま落ちちゃって、ほとんど受粉しないんですよ」

「あ、そう」

「オスの木とメスの木、両方あるんですけどね」

「ミツバチ、いないの？」

「そうですね。スズメバチのほうが、まだ見るかな、それは困るんですけど」

やはり造園のほうにも詳しいようで、野生のキウイに近い植物が、もともと日本にも自生していたということや、もうじき剪定をするので、古い幹だけを残して、全部切ってしまうのだということを教えてくれる。

「へえ、全部」

「切ることで生命力がわいて、もっと生きようとするんですよ。そうすると、夏にはいい日よけになってくれます」

「なるほどね」

剪定の理屈は知っているつもりだったけれど、なにしろ自分の子に甘い新平としては、今こそしっかり胸に刻みたい言葉だと思った。

テラス席からは、とにかく見事な庭が見えた。

まわりを取り囲むのは桜の木で、春には一番お客さんで賑わうという。さらに造園業の広大な敷地が借景となり、ずっと向こうまで、カエデやモミジといった背の高い木々が続く。すっかり山中のコテージでくつろいでいる気分になった。

気まぐれに注文したレモンスカッシュをぐびっと飲み、やがて届いたチーズの溶けたホットドッグに、ぱく、っと大きくかぶりつく。

「ん。うまいな」

パンに香ばしさがあるのに固くなく、ソーセージもみずみずしい。

「うまいな」

二口目も、新平は同じ言葉を声に出した。

カフェの最寄りの都立家政駅までは、バスを使って新《あら》井《い》薬《やく》師《し》前に出て、そこから西武新宿線を利用して訪れた。

同じ西武線でも、椎名町のある池袋線から、新宿線への乗り換えは、このあたりではうまくつながらずに、どうしても遠回りになってしまう。

ただ、新井薬師前には以前、姪のさなえの家があり、そのバスなら新平は何度か使ったことがあった。

さなえの夫は、明石建設の仕事もしていた大工だったけれど、自分の会社を立ち上げて成功し、大きな家を建てた。高木というその男の死後、広すぎて手に負えない自宅をさなえは手放し、今そこはマンションになっているそうだ。

さなえ自身は中野に移って、娘夫婦と暮らしている。

新井薬師前でバスを降り、あまりなじみのない西武新宿線に乗るあいだ、新平は自分の父親のことを思い出していた。

まだ父親が、新平の家によく泊まりに来ていたころの話だ。勝手に電車に乗って出かけ、帰れなくなったことがあった。

あれは母親もいっしょに、しばらく滞在していたときだっただろうか。

「あんたのことなんか、嫁と思ってないから」

気の強い母は、東京に出てきてまで、陰で英子にきつく当たっていたらしい。いつも仕事の手伝いばかりで、とても義父母の世話を焼く時間のない英子を見ると、どうしてもひとこと言いたくなってしまうのかもしれない。

たまたま立ち聞きした建二が、そのときはまだ子どもでよく状況がわからなかったようだけれど、

「おばあちゃんって、孫にはすっごくやさしいのに、ママにはきつかったんだよね」

と、ずいぶんあと、大人になってから教えてくれた。

きっとM町の本家でも、ずっとそうだったのだろう。

同居する幹安の奥さんが体調を崩して、当分の間、兄弟が持ち回りで両親の面倒を見ることになったのだ。

新平の家にも、二ヵ月ほど滞在していたのではなかったか。

父親はいつも通り、パチンコや釣り堀など、ちょこちょこと建二をつれて遊び回ることが多かったけれど、その日はひとりで勝手に出かけたくなったのか、なじみもない都内の電車を乗り継いでどこかへ行き、帰り方がわからなくなったようだった。

「おじいちゃんどこ？　建二、いっしょじゃなかったの」

「知らない。おじいちゃん、学校から帰ったらもういなかった」

「またパチンコかしら。孝ちゃん、知らない？」

「……知らない」

「雄ちゃんは？」

夕方近くなって、そんなふうに家族が心配しはじめ、

「は？　どっかで迷子になってんじゃないの？　かあさん、行き先聞いてないの」

現場から戻った新平も、一応は案じたけれど、

「聞いてないね」

と母親が応じれば、もう手がかりもない。

「ん～、商店街にでもいるのかな。あとで、ちょっと捜してくっか？」

大人のことだし、どうせどこかで好きなことをして遊んでいるんじゃないかと半分は高をくくっていると、ほどなく区外の交番から、

「お父さん、家がわからないって、ここにいますよ」

と電話をもらい、急いで仕事用の軽トラックで迎えに行ったのだった。

英子も母親も同行しなかったけれど、「一緒に行く！」と建二がついて来た覚えがある。

交番に着くと、意外なほどに父親は上機嫌で、さんざん話し相手になってもらったのだろう、若いおまわりさん相手に、ぴしっと敬礼をして、おまわりさんにも敬礼を返してもらってから、新平に対してだけ、少し照れくさそうな顔をして交番を出た。

「なんで、こんなとこ来ちゃったの」

新平は訊ねたけれど、父親は首をかしげている。

「一体、どこ行ってたの」

さらに訊ねると、知らない町で洋食を食べてきたと、ぽそりぽそり答えた。今思えば、新平と似たようなことをしていたのだろう。

ともあれ、新平の家の電話番号だけは覚えていたようで、それはよかったと感心し、文句や注意めいたことは口にしなかった。

そのかわり新平は、帰宅してから会社の事務用品を使い、住所と電話番号を記したカードを作り、長いヒモを通して、父親の首にかけた。

ひとっ風呂浴び、晩酌をしていた父親は、息子に迷子札をかけられて、にこにこと笑っていた。

4

二十日すぎに橋本造園から請求書をもらって、すぐに銀行へ振り込んだ。

「剪定のお金、振り込んだから」

光君に電話をかけて伝え、あらためて地図のお礼も言うと、

「ちょっとわかりづらいかもしんないですけど。もし使えたら、使ってください」

軽く応じたから、新平はそれを遮るように、

「もう二軒とも行ってきた」

と教えた。

「えっ、本当ですか。早いですね。社長、すごいな」

「造園業も、しゃれたことはじめたな」

「どっちがよかったですか、ふたつ」

「こだわりは都立家政のほうかな。テラコッタのタイルも、わざわざイタリアから取り寄せてるって。ホットドッグも、そりゃあうまかったよ」

「はあ。カフェが好きなんすね、社長」

「英子も連れてくなら、練馬だな。車椅子でも行きやすそうだ」

「愛妻家なんですね」

「だって家の中ばっかだと、季節もわかんないよ」

なあ、と英子のほうを見ると、英子も新平を見て、にこにこ笑っている。まだカフェには連れて行けなかったけれど、一軒目の下見をしたあと、練馬の和菓子店で買って帰った麩《ふ》まんじゅうは、英子も喜んで食べた。

海苔《のり》の香りがし、冷やして食べると、つるんと美味しかった。

「いや、いいものを教えてもらったよ」

新平は重ねて礼を言い、つい口癖で、お母さん元気？　と訊きそうになって慌てた。

「母はもう亡くなりました……」

光君の恐縮したような口ぶりを、ひんやりと思い出した。

電話を切ってから、笑っている英子の頭をなでた。

ふらりと好きなものを見て歩いて、終わる。人生なんてそんなものだろうけれど、べつにそれでいい。

寝室へ行くと、母タケ、父モトイチの写真を飾った小さな仏壇に、新平は手を合わせた。

なんまんだーなんまんだー、と低い声で経を唱え、線香は立てずに、ただ、ちーん、とおりんを鳴らした。

第十一話　妻の遺言状

1

いる。いらない。死んだ。

いる。いらない。死んだ。

いる。いる。いる。

いらない。死んだ。

横で指示するように自分が言ったくせに、

「やめて、お父さん！」

新平がその通りにすると、自称長女の次男、建二がこらえきれないように笑った。「いるか、いらないかだけ教えてくれたらいいから。いちいち死んだって言わないで」

「あ、そう」

新平は答えてから、ふん、と笑った。「でも死んでっからな、もう」

「だから、やめてって！　そんなことで笑ったら、私が不謹慎みたいでしょ」

「笑ってるだろ」

「それは、お父さんの言い方がおかしいんだからね。……次。橋本光って、ひかるくんだね。いるね？　出すでしょ？」

「いる」

新平が答えると、建二がマウスをクリックして、パソコンの宛名ソフトの住所録、名前の横に入っていたチェックを外した。外すと、その住所は印刷されるらしい。

毎年、新平は年賀状づくりの大部分を建二にまかせていたけれど、それは自慢の風景写真にメッセージを入れる裏面のことだけで、宛名に関しては、あとで自分で勝手に印刷していた。

このパソコンに買い換えて七、八年、それくらいは十分ひとりでもできた。なので今年もそのつもりだったのに、なぜだかいつものやり方で住所録が出てこない。仕方なくまた建二を家に呼んで、手伝ってもらっていた。

「え〜、こんなソフト、私、使ったことないのに」

建二は文句を言いながらも、新平のやり方とはまったく違った方法で、年賀状用の住所録を開き、名前にチェックを入れたり外したり、あれこれいじっているうちに、ようやく印刷の決まりがわかったようだった。

「この人は？　牧野《まきの》桃子《ももこ》さん。いる？」

あらためて住所録のうち誰に送るのか、送らなくていいのかを新平に確認しながら印刷の指定をしている。その返事の仕方に、文句を言われたのだった。

「ねえ、牧野桃子さん」

「いらない」

「だれ？　桃子さんって」

妻でもないくせに、いちいち送り先を探ろうとする。

「新潟のせんべい工場にある、おみやげ屋さんの女の子。むかし、旅行んとき、お世話になったの。ママと一緒に」

「え〜。そんな人とも、年賀状のやり取りしてたの？　どうやって住所聞いたの？」

「いいから、次」

「安井《やすい》ゆみって、ゆみっちじゃん。なんで私の友だちに出してんの。いらないね」

「……いる」

「えっ。いるの？」

「いる」

こういう面倒があるから、なるべくなら宛名を見せたくなかった。

といっても年賀状の相手は大方親戚か、かかりつけの病院の先生、あとは仕事で知り合った人くらいで、中には三、四十年ほど前に「明石建設」で家を建てて、その後も内装を何度かやり替えた家の人なんかもいたけれど、もちろん仕事をやめてから、付き合いはどんどん狭くなっている。さらに年下でも亡くなった人が増え、むかしは二百枚ほどやり取りをしていたのに、新平が今年買った年賀ハガキは六十枚だった。

その全部を夫婦の連名で出し、とくにひと言添えたりもしないのが新平の年賀状だった。今回使った写真はもちろん、六月に明石家の兄弟会といとこ会で、外房に旅行したときに撮った海の風景だった。

「和田《わだ》さん、和田夏夫《なつお》さん」

「和田は、住所変わった。どこになってる？」

「千葉県、市川市」

「今は広島なんだ。ハガキもらって、この前、ちゃんと打ち直したんだけどな。やっぱりこれじゃなくて、どこかべつのところに新しい住所録があるんじゃ……」

「やめて、せっかくここまできたんだから。新しい住所がわかるんだったら、この人だけ打ち直したらいいでしょ」

自称長女に命じられて、しぶしぶ転居ハガキを探す。妻の洋服のかかったハンガーラックを動かし、ガラクタでぎゅうぎゅうの押し入れを開けた。

今年もらった年賀状の束と、一緒に仕舞ったかもしれない。

「ここにない？」

束ごと取って戻り、建二に渡した。

「さがすの？　わたしが」

おどけたように言ってから、建二は輪ゴムを外し、和田さんを探して一枚ずつめくった。「すごい、たけひろ君。困ったことがあったら、なんでも言ってください！　だって。さすがいとこ会のリーダー。もう、なんでもたけひろ君に頼んじゃえば」

「ふん、バカか」

新平は鼻で笑った。そつのない年賀状の文言どおり、六月の旅行のときには、通り道でもないのにわざわざ新平を車で送り迎えしてくれた。頼れる甥っ子だった。「おまえたちも、それくらい言ってバチはあたんない歳だぞ、とっくに。二十年遅いくらいだ」

転居ハガキを探すついでに、年賀状のメッセージをうれしそうに読んでいる建二に言っても無駄だろうか。

それでも必要なハガキを見つけ、新しい住所に打ち直してくれるくらいの役には立っている。

「じゃあ、印刷するよ」

「ああ」

新平がプリンターに年賀ハガキを差し入れるのを待って、建二がスタートボタンを押した。

しばらくの無音のあと、がこんがこん、がこんがこん、と印刷がはじまるのを聞いて、建二はひと息つくと、

「これくらいのこと、雄ちゃんに見てもらえばいいのに」

と言って、パソコンの前を離れた。次の興味の先、新平のエロ本棚のほうへ、すっ、と歩いて行く。その棚にあるのは、事務所を片づけて以降、どんどん厳選された秘蔵コレクションだった。函《はこ》入りの高価な写真集なんかが多い。新平のお気に入りは、通販で買った『三十路《みそじ》の女』という艶っぽい写真集だった。これだけは手放せない。

「Ｍａｃのことは、なんにもわかんないってさ、雄三。あとは忙しいとか、今から出かけるとか。頼んでも無駄なんだよ」

「へえ、相変わらずだね」

「ああ、ダメだ、ありゃ。役に立たね」

新平は答えて首を振った。こちらの頼みにはそんな態度を取るくせに、平気で金の無心に来るのだからいい度胸だ。

昔、羽振りのよかった頃、郷里の友人が金を借りに来たことを思い出した。

どうしてもすぐにまとまった金がいる、新ちゃん、貸してくれ、頼む、年内に金が入るからそれで必ず返す、と上京した竹馬《ちくば》の友に、わかった、と新平はうなずき、すぐに英子を銀行に向かわせたのだった。

ありがとう、新ちゃん、英子ちゃんも、ありがとう、と喜んだ友は、いらないというのに証文を置いて、跳ねるように帰ったのだったが、約束の期限を過ぎ、いつまで待っても返済してくれる様子はない。

「踏み倒す気だわ、きっと」

待ってほしいという連絡もないことに、新平よりもまず英子が苛立《いらだ》ち、何度か電話をかけていたようだったけれど、なかなか電話に出ないし、やっと出てものらりくらりとかわされてしまい、うまく話が通じなかったらしい。

「はじめっから、返さないつもりだったんじゃないかね、あの人」

「そんなわけあるか。事情が変わったんだろ」

「じゃあ、お父さんが電話かけてみてよ」

「いや、いい。俺は待ってる」

「また、かっこつけて」

「いいんだって」

あいつを信じている、というほどの親密な仲ではなかったけれど、それでも懐かしい昔なじみ。よく相撲を取った、地元の商家の息子だった。こちらの仕事が忙しかったこともあって、新平が鷹揚《おうよう》に構えていると、やがて業《ごう》を煮やした英子が、わざわざM町まで様子を見に行き、残念ながら、千円札の一枚も取り返せずに帰って来たのだった。

気取り屋の妻にすれば、そもそもあまり好きでもない生まれ故郷に、せっかく交通費をかけて向かったというのに、その日、妻が唯一持ち帰ったのは、

「あの人、家を新築してたわ。人の貸したお金で。憎たらしい」

という苦い土産話だけだった。

2

「おまえ、もう年賀状出したのか」

ぴったり六十枚を印刷して、ミスがないのを確認すると、新平は建二に訊いた。

「まだ」

小さく首をかしげ、建二は答えた。「ハガキも作ってないよ」

「なにやってんだ。こんなもん、元日に着かなきゃ意味ないぞ」

世の決まり事に関して、少々ルーズなところのある次男を新平はたしなめた。もう暮れの二十六日だった。宛名が刷れないのに慌てて、新平もふだんより投函が遅れていた。どうにか今日、建二を捕まえることができてホッとしたところだ。

「でも、お父さんの年賀状の手伝いで、私、休みを二日取られてるよ。それでお説教されても」

建二はうらめしそうに言った。

もちろんそれくらいの反撃で、なるほど、と納得する新平でもない。

「もっと早くやれ」

ぴしっと言うと、建二は口をとがらせ、

「くそじじい」

と、はっきり言った。

ようやく宛名を刷った年賀状をその日のうちに投函し、あとは簡単な片づけと正月の飾りつけを済ませ、暮れが押し詰まっても特別な大掃除も買い出しもせず、池袋のデパートで注文してあった、冷凍の二段重のおせちを大晦日に受け取った。

夜は近くのスーパーで買った二八蕎麦を雄三に茹でさせ、やはりスーパーで買った出来合いの天ぷらをのせて早めの年越し蕎麦を食べると、民謡歌手はひとりも出ていない紅白歌合戦の途中で眠くなり、新平は英子と休んだ。

そして二〇二〇年、令和二年の元日を迎えた。

「あけましておめでとう」

一番に妻と新年の挨拶をするのは、これで何度目だろう。

小岩で駄菓子屋を営む英子の姉、すみれ姉ちゃんのところに新平が転がり込み、居候の新婚夫婦となったのが昭和二十四年のことだったから、その翌年のお正月からは、目覚めて一番に妻の丸顔を見たはずだった。

あるいは子どもたちが小さかった頃には、そちらと顔を合わせるのが先だったかもしれないが、いずれにしろ金婚式が二〇〇〇年だったか、一九九九年だったかだったはずだから、それから二十年ほど、全部で七十回以上は英子と新しい年を迎えていた。

別居していた期間も、どちらかが正月をよそで過ごしたこともなかったから、元旦をそれだけいっしょに迎えたのは間違いない。

「お正月なの？」

「ああ。元日だ。一月一日」

「そう……おめでと」

小さなあくびをしながら、真っ白な頭の英子が言う。顔にはもちろん、年なりの皺がたくさん刻まれているのだったけれど、人間よくしたもので、老いた新平の目に、それはほとんど気にならなかった。近ごろは、ますます栄養状態のいい、つやつやの肌に見えた。介護ベッドを起こし、胃瘻をしてやりながら過ごす元旦も、これで四年……五年目だった。

ルーティーンの体操を済ませたあと、新平はまず風呂で身を清めた。

わざわざ二階に上がり、同居の息子ふたりにも風呂に入るよう命じたが簡単に無視された。商売の家だからと、こんなときのしきたりには厳しくしたはずだったけれど、その習慣は新平と、よそに住む建二にしか残らなかったようだ。

車椅子に座らせた英子を食卓に連れて行き、のそり起きて来た雄三と、そのかげに隠れて孝史があらわれると、まず全員で席につき、あらためて新年の挨拶をした。

それから形式どおりに、お屠蘇《とそ》をいただく。

「……いらない」

アルコールの苦手な長男が横を向いて嫌がり、

「いいから。口だけつけろ」

新平が命じるのは毎年の恒例行事。

以前は新平がさかずきを手に取り、力ずくで孝史の口までお屠蘇を運んだこともあったくらいだったが、さすがに今はそこまではしない。孝史のほうも、父親がその件でなかなかしつこいとは承知しているからか、朱塗りのさかずきに手を伸ばすと、ほんの十センチばかり持ち上げ、すぐにテーブルに戻した。

まあ、それでいいだろう。

「建兄は来るんですか、今日」

くいっとお屠蘇を飲んだ雄三が言った。

「いや。今年は三日に来るって」

「へえ、めずらしい」

なにか仕事の用があると聞いたけれど、本当かどうか。

「男がいるからな」

新平は言い、ふん、と笑った。

祝い箸でおせちを一品ずつきちんと食べ、妻にも食べさせ、ダシの素を使った適当な雑煮を作り、餅を焼き、年賀状が届いてからは、それを一枚一枚見ながら、やはりおせちを食べる。そうやって、おとなしく家で一日を過ごした。おめでとうの電話が三本かかってきた。

翌日は西武線を使い、江古田へ向かった。

以前、お参りをした駅前の浅間神社へ、今年こそは初詣に行くと決めていた。今年を逃がすと、そろそろチャンスがない気がした。

富士塚に登ろうと誓ったのは、一昨年の春だったか。

お正月の三が日と七月一日の山開き、九月の例大祭の土日——年に六日しかない開山日に気持ちとスケジュールの両方を合わせるのはそれなりに難しく、少し時間が経ってしまった。

二階の改札からエスカレーターで下り、駅舎を出ると、細い街路灯に設置されたスピーカーから、お正月らしい音楽が流れている。

元日は混むだろうと避けたのだけれど、二日の浅間神社も、やはり参拝客が列をなしていた。

もっとも、決して大規模な神社というわけでもなかったから、奥の社殿から入口のあたりまで人が並んでいても、待って十分、十五分といったところだろう。

新平は列につき、まずお参りの順番を待った。冬枯れしたケヤキの大木の脇を通り、他の人たちもそうしている通りに、ちょっと列を離れて手水舎で手と口を浄めると、また参拝の列に戻る。

「富士塚に入れる時間。朝九時〜午後三時迄。一月一日、一月二日、一月三日」

その掲示を見て、はじめて富士塚に入れる日だと気づく人もいるようだったけれど、新平の見たところ、ちょっと中を覗くつもりらしい人もふくめて、社殿を参った人のほとんどが、とりあえずは富士塚のほうへと歩いて行った。

十分ほどで、新平にもお参りの順番が来た。

神様にきちんと新年の挨拶をし、妻の健康と、家内の安全を願う。ぱんぱんと大きく二回手を打ち、深く一礼すると、新平も右手奥にある富士塚へと歩いた。

前は閉じられていた木の柵が、こちらに向けて大きく開いている。

時刻は正午を少し回ったところだった。立派なしめ縄のかかった鳥居をくぐって中に入り、石畳を二つ踏むと、すぐに大きな石に足をのせて、また次の石、次の石へと渡る。

思いのほか大股で進むので、外からただ覗いたときよりも、ずっと注意の必要な、危険な場所に感じられた。

両脇に小さな猿の石像が立つそこには、一合目の表示がある。その先で白旗を持った男性が、「ゴー」と「ストップ」の合図をしている。

頂上から降りて来た人と、そのあたりで道を交互に進むからしい。

「登り降りにはキオツケテ下さい」

と、注意を促す札が立っている。「富士塚は江戸時代に築造した様子をそのまま保存する為に、登山道が歩きにくくなっています」とのことだった。

実際、二合目のしるしがある赤い鳥居の手前から、岩肌を縫うように細い道をくねくね、くねくねと登って行くと、新平よりずっと若い者たちが、わあ、とか、ああ、とか声を上げているのが聞こえる。

「これ、結構あぶないね」とか。「まっすぐ立てない」とか。

新平は決して急がず、一歩一歩ゆっくり歩いているつもりでも、傾斜のきつい道を折れるタイミングで、思わぬ岩の突起に足を引っかけそうになる。

一度軽く手をつき、さすがの新平も弱音を吐きそうになった。

これは、きつい。

やはり、もっと早くに来るべきだった。

「大丈夫ですか」

「はい、大丈夫、ありがとう」

気づかってくれる登山客に礼を言い、ハンカチを出して手を拭うと、五合目に立つ、大きな石碑の前でひと休みした。

身《み》禄《ろく》尊《そん》祠《し》碑《ひ》、と刻まれているのだろうか。碑の後ろはもう、円い小山の木立だった。

「ここの岩って、溶岩みたいだけど、富士山から持ってきたのかね」と話す女性の声が聞こえる。

そうだった。

これは明石新平、九十代の晴れ舞台。都内で済ませる、小さな富士登山だったと新平は思い出した。

ここが踏ん張りどころとまた歩き始める。

案内の矢印に従い、ごつごつとした岩を踏み、はっ、はっ、と息をはきながら、細い道を登る。

七合目。

はっ、はっ。

八合目。

はっ、はっ。

山道の端、緑の防護ネットを横目に大きく回り込むと、いよいよそこが山頂だった。

小さな鳥居の下にお賽銭箱があり、向こうに祠が立っている。祠には紋章のついた神社幕がかかり、鏡餅が供えられている。

やはり今日来てよかった。

来年はもう登る気力も、体力もなくなっているかもしれない。

そんな不吉で、ある意味当然なことを考えながら、小銭を出し、前の人のお参りを待つ。

順番が来てお賽銭を入れ、小さな祠に手を合わせると、新平は振り返った。

今来た道とは逆の側から、下山するようになっている。

見下ろす先、べつの急勾配を降りる人たちの向こうに、さっき脇に見た、二合目の赤い鳥居がある。

あそこに降り立つまで。

せめてあそこに降り立つまで、慎重に行かなくては、と考えて新平は首をすくめ、また転ばないよう、しっかりと自分の足もとを見て降りはじめた。

3

新平と英子の遺言状は、二十年近く前に作って、銀行に預けてあった。都市銀行の遺言信託だった。夫婦とも、もう七十四、五になるというころだったか。そろそろ先のことをはっきりさせたいと、妻が熱心に言ったのだ。ちょうど口座のある銀行で、そんな取り扱いをしていることは、わざわざ妻に教わらなくても、新平だって知っていた。店頭にあるポスターか、なにかの折にもらったパンフレットででも見たのだろう。新平自身、少しは気に留めていたのかもしれない。

ただ、実際に遺言状を作っておこうと決めるまでには至らなかったから、

「なにをはっきりさせたいの」

そのときの妻の提案にも、とくに乗り気にはならず新平は訊ねた。

「財産のことに決まってるでしょ」

と妻は言った。

「そんなの、勝手に分ければいいだろう。俺たちが死んだら、あいつら三人で」

「三人って、難しいのよ、分けるの。不動産もあるんだし」

「そう？」

難しければ難しいで、当人たちが話し合えばいいだけだろうと新平は思ったが、なにを思ってか、英子ははっきりと書面にすることを希望して譲らない。

もしかしたら、よそに新平の子供がいるとでも疑っていたのかもしれない。

新平の知るかぎり、三兄弟のほかに子はないはずだった。子供がほしい、と言われたことはあったけれど、産ませて、とか、産んだ、とかいう話は聞かなかった。

新平自身は、早くに家を飛び出し、あとを弟に任せた長男だったから、父母が亡くなったときにも、一番に相続を放棄して、その後の分配がどうなったのかも知らなかった。本家を継いだ幹安が、うまく塩梅《あんばい》したのだろう。

結局、新平が熱心な妻の希望に負けるかたちで、二人の遺言書を作成し、保管料を払って銀行に預けてある。

内容はたしか、夫婦の亡き後には、きっちりと三人が分け合うことになっているはずだったが、その後、バカげた事業をはじめた雄三にだけ、ダメと拒みつつもずいぶん金を引っぱられてしまい、このまま残りを三等分すれば、明らかに不公平だろう。

とはいえ、手数料を払ってまで細かな遺言書の訂正なんかはしていなかったし、さらに妻がこの状態となっては、新しく遺言を作るのも現実的ではなかった。

だから雄三にはときどき、

「もし相続になっても、おまえの取り分はもうないからな。全部ふたりにやれ」

と話したけれど、「いやあ」と首をかしげ、にやにやと笑っていたから本気にはしていないのだろう。


「それで……墓はどうするんだ、おまえたち」

ずずっ、とあわぜんざいをすすった新平が訊ねると、三人の息子はそろって不思議そうな顔をした。


令和二年の正月も、もう三日だった。

長男の孝史はもちろん家にいたし、三男の雄三も、三が日くらいは大赤字のアイドル撮影会を休んで、自宅で過ごすのが常だった。

「お餅食べる？　お雑煮つくろっか？」

もこもこの白いセーターを着て、長いスカートをはいた自称長女の次男に訊かれ、

「あわぜんざい」

新平は答えたのだった。建二が持ってきた浅草梅園《うめぞの》のあわぜんざいは、妻の大好物だった。お正月とはいえ、もう台所に立って得意の煮物を作ることもしない英子は、ちょこんと車椅子に座り、にこにこと笑っている。

いつもは元日に顔を出す建二だったけれど、今年は用があったとかで、いつも通りの立派な花束と、そのあわぜんざいを手土産に、三日になって年賀に訪れた。

地上波のテレビが、箱根の駅伝を映している。

「どうするって言われましても……」と三男が頭をなでた。お墓のことをまかせるなら、そのぶんお金の管理もまかせてほしいというのが、そういえば以前からの雄三の言い分だった。

「またその話」とばかりに、長男はぷいと横を向く。きっと孝史は、ずっとこのままだろう。

「お父さん、もしかしてボケたの？　毎年お正月になると、お墓のこと話してるよ」

頼みの次男も、案外な冷たい言い方をした。あわではなく、餅きびを使っているという黄色いあわ餅に、こしあんがたっぷりかかっている。それをはふはふと食べて飲み下した。「お墓なんていらない、うちはもう墓なしだ、って何年も前に決めたの、お父さんなのに。忘れちゃった？」

「いや、そんなのはわかってるよ」

新平は口をとがらせた。いろいろ考えて話していることを、ただの物忘れのように言われるのは、さすがに心外、不愉快だった。「俺はそれでいいけど、ママは違うかもしれないだろ。なあ」

大好物をスプーンで口に運んでもらい、まったく話を聞いていなかったのか、英子は、ぽかん、としている。

「それに今までと違って、そろそろ本格的に考えなくちゃいけなくなってきたからな、墓のことも」

新平が英子のほうを見ながら、ぽそりと告げると、

「え、どういうこと？　それってママが死ぬってこと？」

建二が聞き逃さずに、ちょっと意地の悪い言い方をした。「ひどい！　お父さんのほうが先かもしれないじゃない」

「は？　俺がこいつより先のわけないだろう」

新平がつい気色ばむと、

「ひっどい」

さらに責められることになった。

「おい、雄三」

ひとまず矛先を変えるように、新平は雄三に話しかけた。ひどいね、お父さん、ママのこと……建二がわざわざ英子に説明しているのが聞こえる。いつもは耳が遠いのに、自分の悪口だけ、どんな小声でもくっきりと聞こえるのはどういうわけだろう。「明日までに金が必要とか、前に言ってたけど、あれはどうなったんだ」

「明日、ですか？」

「ちゃんと払えたのか。一ヵ月くらい前の」

こんな席で言うことでもなかったが、家族全員が揃った場で、きちんと話せるチャンスはなかなかない。

泣いて頼んだときだよ、という言葉を、新平が言わずにぎりぎりで飲み込んでいると、

「はい？」

きょとんとした顔で聞き返されたので呆れてしまった。

「金貸してくれ、って来ただろ、二階の、ママの衣装部屋まで」

「ああ、はい」

雄三は、ようやく合点がいったというふうに応じた。「あれなら、なんとか」

なにをどうやったら、なんとかできるものなのか。

新平は首を振った。もはやこんな話に、ほんの少しでも心動かされたら負けなのだろう。我が息子のことながら、すぐに金を借りに来るようなやつを信じてはいけないのだと、新平はあらためて心に刻むほかなかった。

「忘れるくらいなら借りに来るなよ。俺は簡単に人に金を貸してくれっていうやつのことは、信用してないんだよ」

新平は三男に向けてちくりと言った。「というより、雄三。そもそもの話だけどな、人様から借りたお金は、ちゃんと返せ。業者だってなんだって、おまえが困ってるときに助けてくれたんだぞ。騙されたって話ならべつだけど」

しょっちゅう破産を勧めている身としては、少し矛盾していることは承知で新平が言うと、

「あー、はい」

心に響くものはなかったのか、得意のどうでもよさそうな反応が返ってくる。

ダメだな、こりゃ、と新平はまた呆れ、あわぜんざいのあわ餅をぱくっ、あんをずずっと食べ、長く息を吐くと、急にまたべつの話をはじめた。

「なあ。雄三。練馬の、豊玉《とよたま》のほうに、ママも行けそうなカフェがあるから、今度、車で連れてってくれないか」

「は？　カフェ、ですか」

「ああ。造園のやってるカフェってのがあるんだ」

「造園って、造園会社の？」

「ああ」

「カフェ」

話の急な展開についていけないというふうに雄三はくり返したけれど、本気なのかお正月のサービスなのか、

「いいですよ」

とすぐに低い声で言った。店の名前を教えると、建二もよく知っているようだった。ついでにと訊いた都立家政のカフェのほうは、向かいのフラワーショップにも行きつけらしい。

「いいね、ママ。お出かけしようって、お父さんが」

話を盛り上げる建二に、

「今じゃないぞ」

新平はきっちり釘を刺した。それでも建二は、車椅子の英子に上着とケープを羽織らせ、しゃれた毛糸の帽子をかぶせ、ぐるぐるにマフラーをしてやり、さらに靴下を重ね、靴をはかせ、膝に大きなブランケットをかけた。

カフェへ行く予行演習で、これから近くの緑道をみんなで散歩しようと建二が提案したのだった。

不思議なほど誰も反対せずに、話は決まった。

もちろん新平にも異存はない。

おしっこの袋くらい、外なら気にしなくていいだろう。

東京の、春みたいな日差しのお正月だった。

妻がまだもう少し立ち上がれた頃には、こんなふうに車椅子で散歩に出たこともあったけれど、近ごろはさっぱりだった。

今年もきちんと門松を立てた家を出て、介護に不慣れな三人と、九十四歳の新平が付き添って、日の差す緑道を車椅子の妻と進む。

散歩の帰りには、向こうの寿司店で、名物の石松巻でも買い求めようかと話していた。

第十二話　妻の異変

1

「あすなろハイツ」がまだ自宅兼事務所だったころ、節分の豆まきは、新平の仕事だった。ヒノキの五合升に煎り豆をいれ、息子たち三人を引き連れ、腹から出す大声とともに、家じゅうに豆をまいて回る。

開け放した窓から庭へ向けて、

「鬼は〜外！」

窓を閉めると、そこから室内へ向けて、

「福は〜内！」

そのやり方でひと部屋ずつ回り、最後は玄関。

豆まき役を代わりたがる子どもたちにも、ところどころ投げさせてやる。

「鬼は〜外！」

「福は〜内！」

「鬼は～外！」

「福は～内！」

まだ可愛げのある子どもたちのかけ声に、「ダメだって。もっと腹から声を出すの。そんなんじゃ、鬼は逃げていかねえから」

新平が判定し、短くレッスンするのも恒例だった。

「鬼は～～外！」

「鬼は～外！」

「福は～～内！」

「福は～内！」

「まだまだだなあ。パパと交代すっか」

民謡好きな新平の大声に、子どもたちがかなうわけもなく、結局は五合升を取り返すのだったが、そもそも郷里では家長が担うしきたりだった豆まきを、一部とはいえ子どもたちに任せるのも、新平なりの民主主義だった。

「年の数だけ、豆拾って食べんだぞ。それで厄除けになんの」

そういうしきたりも、きちんと伝えていた。

なのに、

「お願い、もうそれやめて」

自宅での豆まきに、毎年のように不満を口にしたのが英子だった。

一番の理由は、「掃除がめんどくさい」。

二番目に、「お父さんの声がうるさい」。

つづいて、「年の数なんて、食べられないのよ」。

さらには、「その豆、おいしくないから」。

他にも、「犬のちいこが豆を食べてお腹をこわしたわ」といった抗議もあり、豆まきの好きな新平としても改善を検討。

徐々に豆の量を減らすかたちで節分の豆まきを簡素化したのだったが、やがて子どもたちも大きくなり、新平が仕事の都合でやれなかった年もあり、いつからか自分の家で豆をまくことはしなくなった。

自宅を椎名町に移してからは、たぶん一度もまいていないのではないだろうか。

それで家の中に鬼が入ったんじゃないだろうか、と考えるほどに、新平は信心深くはなかったけれども。

新型のおかしな風邪については、一月の半ば頃からニュースで取り上げられることが多くなり、

「お父さん、あんまりふらふら出歩かないでよね！　なんだか高熱が出て、肺炎になって、ひどいと死ぬらしいから」

口うるさい建二からは、わざわざ電話までかかってきたけれど、いくら都内ではじめての感染者が出たと聞かされても、仕事はもっぱら老々介護、最近は一日ずっと家にいることだって多い新平には、まだまだ遠い話だった。

「あ、そう」

老父として、いくらか感謝のニュアンスをこめて返事はしたけれど、自称長女の次男に、それが伝わったかどうかは知らない。

「それより、そろそろアパートの掃除してくれよ。終わったら、請求書送って」

ちょうどよかったとばかりに、うまく自分の用件を伝えれば、あとはいつも通り、がちゃんと一方的に電話を切るだけだった。

週三回訪ねてくるホームヘルパーさんたちも、用心にマスクをしている時間は長くなったけれど、もとから妻のことをしてくれる間は、きちんと手袋やマスクを着用していたから、あらためての違和感は少なかった。

「マスクが品薄になってるんだって！」

新しくなじみになった、鈴木《すずき》えみさんというヘルパーに教わり、新平は、へえ、と感心したくらいだった。

もう少し暖かくなったら、造園会社の経営する、練馬のカフェに妻を連れて行くつもりだったし、去年、建二の家の近くまで行ったときにも、石神井川沿いの桜がきれいだから、春にはお花見に来てね、と誘われていた。できればそれも実現したい。

数年ぶりに復活した明石家兄弟会の旅行だって、いとこ会と合同で、これからは毎年開催しようとみんなで約束したのだ。頼れる甥っ子、たけひろ君からの年賀状にも、旅行の幹事はまかせてください！　と力強い文言が添えてあった。果たして今年の行く先は、草津か、鬼怒川《きぬがわ》か。

そんな春以降のことばかり、新平は思い描いていた。

2

「ママのこと、ちょっと見てて」

二月に入っても新平の呑気さ、マイペースさ、自分勝手さは変わらず、曇天の節分の日、長男の孝史に留守を任せると、ふらっと鬼子母神《きしもじん》の豆まきを見に雑司ヶ谷まで出かけた。

先に大鳥神社の酉の市に足を運んだとき、やはり風情のある街に、あらためて心ひかれたのだ。

「追儺会《ついなえ》」と呼ばれる、そこの豆まきを見るのは、これがはじめてだった。

樹齢六百年とも七百年とも言われる大銀杏《おおいちょう》を見上げ、まずはまっすぐ鬼子母神堂へと向かう。

人の子を食らう鬼母が、自分の子を隠されて悲しみを知り、改心するのが鬼子母神のお話だったか。

途中、屋台がふたつ出ていて、境内の参道脇には、豆まきのための台が設置されている。

ただ、時間が早いせいだろう、まだ人影はまばらだった。

改心してツノがなくなり、「鬼」の字からもツノがとれたという「鬼子母神」のお堂を前に、いつもの妻と家族のお願いをし、深く頭を下げる。

お参りを済ませると、新平はすぐそばの「名代おせんだんご」の白いのぼりに吸い寄せられた。おだんごの二本セットを、お茶つきでいただく。

醬油とあんこのおだんごを一本ずつ。

ぱくりぱくりと食べ、ぐいっとお茶を飲み干すと、新平は大黒様の飾られた小さな茶屋を出た。近くにある、みみずくの石の像がついたベンチに腰かけ、こちらもきっとかなり歴史があるのだろう、木の看板がかかったひなびた駄菓子屋を眺め、あとはのんびりと豆まきの開始を待つ。

気がつけば、しばらく目をつむっていた。眠っていたのかもしれない。

一体どれほど時間が経ったのだろう。大人たちや高齢者にまじり、おそらく近所の学校に通う子どもたちが、ぽつりぽつりと集まりはじめている。

今どきめずらしい、古風な坊ちゃん刈りの男の子と、大きな紙袋を持ったお団子頭の女の子が、仲よさそうに走って行く。

境内に人が増えすぎないよう、警備の人が配置されていたけれど、それは新型のおかしな風邪対策というよりも、通常のイベント要員なのだろう。マスクをした人の姿は、そんなに多くは見かけなかった。

見物客が豆まき台の下に幾重にも並ぶと、ようやく節分の日らしい景色になった。

それでも例年より、やはり人出は少ないのかもしれない。新平もそこに加わったが、前後左右から、ぐいぐい人に押されるような混雑ではなかった。

やがて半纏を着た粋な男衆の木遣《きや》り歌に導かれて、お坊様が姿を見せた。

つづいて年男、年女、豆まきに参加する著名人たちが鬼子母神堂へと入る。そこでの儀式を済ませてから、あらためて紅白幕を垂らした特設台につぎつぎと登壇した。

著名人にはひとりずつ、紹介のアナウンスがつく。スーツやセーターの上に、立派な裃《かみしも》をつけた豊島区長や大相撲の幕内格行司、俳優や劇作家……谷隼人《たにはやと》、城戸真亜子《きどまあこ》、唐十郎《からじゅうろう》といった名前が呼ばれて、大きな袋をかかえた彼らが前列に並ぶ。

台の向こう側には、子どもたちばかり集められている。新平はこちら側、大人のエリアに立ち、せいぜい福を呼び込むように、両手を上に伸ばした。

「福は〜内」

台上からまかれた色とりどりの小袋のうち、ひとつがさっそく脇に落ちる。

小袋と言うには案外大きい、ご祝儀袋ほどの白っぽい封筒が足もとに見えたけれど、その場で腰を曲げて拾うかどうか、新平が逡巡する間もなく、うしろから手を伸ばした男性が拾っていった。

毎年恒例なのか、紙袋や買い物バッグを用意して広げている人もいる。

鬼をまつるお堂だからだろう、豆まきのかけ声は「福は内」ばかりだった。

何度目かの「福は内」に合わせて、今度はまっすぐ新平に向かって袋が飛んで来た。

あわてて摑もうとしたけれど、その手をすり抜けるように、胸に当たってお腹の上を滑り、あと少しのところで地面に落ちてしまう。

残念、これは惜しい、と舌打ちしたが、やはりしゃがまないであきらめていると、さっ、と拾い上げた隣の若い女性が、どうぞ、と差し出してくれたので、新平はハッと頬を赤らめた。

「いいの？」

「はい、どうぞ」

女性にやさしくされるのは、もちろん大好きだった。

「じゃあ遠慮なく。ありがとう」

お礼を言って受け取った。

すずしげな目元の、美しい女性だった。

結局、新平はその一袋しかもらえなかったけれど、福豆、と記された萌《もえ》葱《ぎ》色《いろ》の袋を手に、まずまずの気分だった。

バスと電車を乗り継ぎ、昔は存在も知らなかった恵方巻きを買って家に帰ってから、鬼子母神の福豆を、留守番の長男と英子の前で開く。

中にはあの節分の豆と一緒に、キャラメルが一粒。おもちゃみたいなかわいい桃色の小さなビスケットがひとつ。

さらに「福神金像」と朱書きされた紙の包みが入っていた。

包みには、ミニチュアの神様が二体、きちんと和紙にくるんで収められている。

「……あたり？」

新平が和紙を開いてテーブルに置くと、白髪の妻が、福神様を指さして楽しそうに言う。

「ああ、あたりだな」

新平がうなずくと、今度は豆のほうをさして、

「これ、おいしくない。豆まき、やめて」

英子が大げさな泣き顔を作った。

「なんだ、それは覚えてるんだ」

新平も昔を思い出し、ふっ、と笑った。

天井のライトに照らされて、爪の先ほどの恵比寿様と大黒天がきらりと輝いている。

3

横浜に寄港したクルーズ船の乗客から、新型コロナウイルスの感染者が相次ぎ、テレビは一日中、岸に留め置かれたその船のあれこれを報じつづけていた。

さすがに罹《かか》ると厄介な病気らしいと新平にもわかったが、ひとまず横浜には近づかないから大丈夫だろう。

「仕事のことなんですが……ちょっと必要なお金が」

雄三から、「ご相談」を持ちかけられたのは夕方だった。

「いやいや、無理だって。早くその仕事やめろって」

道楽、と言いたいのをこらえて新平が告げると、

「いえ。さすがにこの状況はまずいとは思っていまして……じつは去年から、職を探しているんですが」

雄三が自主的に正座をした。

「ん？　探してるのか、職」

つい話を聞いてしまうのが、新平の甘さだろう。

「でも、この年になるともう、面接もしてもらえなくて」

白ひげのだるまのような雄三が、芝居くさく首を横に振った。

いかにも就職難を訴えたい様子だったが、どうせ自分を買いかぶって、無用な高望みをしているのだろう。

バカバカしい。

「なので、やっぱり今の仕事をつづけながら、なにか副収入を見つけるのが現実的かなと」

「雄三。おまえ、何歳になった」

「五十三です」

「だったら、なんでもいいからバイトしろ。まだ求人あるだろ」

そんな小言を口にするのにも、いい加減飽きた。せっかく二階の衣装部屋で、趣味のパソコンをこっそりいじっているところだったのに、その大切な時間を狙って邪魔しにくる。

迷惑な話だった。

「それで今、じつは新しく副業をはじめようと思っていまして」

雄三のほうも簡単に引き下がる気はないようで、自分の主張を展開するから、向かい合う親子の話は微妙にかみ合っていない。

「副業？」

仕方なく新平のほうが歩み寄った。

「金ならまったくないぞ」

きっちり釘を刺してから、なにをするつもりか訊ねると、

「結婚相談所です」

と、答えたので面食らった。

けっ……こん相談所。

未婚どころか、たまたまダイエットに成功した学生時代を最後に、これまで恋人がいた様子も

ない。アイドルとぬいぐるみ好きの、ウエストが一メートル二十超えの、むさ苦しい五十男だった。

一体なにを思って、その仕事に成算があると判断したのだろう。

「ちょっと、資料を持ってきていいですか」

「いらない、いらない」

首と一緒に手も振ったのに、雄三は立ち上がり、急いでなにかのパンフレットを取って戻った。

結婚相談所の開業をアシストする企業の、立派なパンフレットだった。

フランチャイズに加盟すると、ひとりで開業しても、短時間の営業でも、初心者でも、副業でも、安定した高収入が期待できる。

そんな夢のような事業らしい。

「これにいくらかかるって？」

こんな「うまい話」にひっかかるようじゃ、借金もふくれるだろうと呆れながら新平は訊いた。

「最初の登録料が、百五十万円で」

「バカか」

あまりのバカバカしさに、新平は高く笑った。「どこにそんな金があるってんだ。第一こんなの、儲かるのは本部だけだろ」

「やっぱり……そうなんですかね」

「当たり前だろう。それか本当に向いてるやつだな、やる気があって」

「はい」

きらきらの目でうなずくのは、自分に適性があると信じているからだろうか。

「やめとけって。道楽の借金を、甘い考えで返そうとすんな。そんなの、絶対無理に決まってんだから」

新平は真面目に諭した。

「それより、どうしてんだ、金。毎月の支払い。カードローンか」

百五十万で借金を返す、と言われたほうが、まだましだったと新平は思った。それも利息や、ふくらんだ当月分の支払いにだけ充《あ》てるんじゃなく、うまく元本を減らしてほしい。

そう願ってこれまで長きにわたって金を用立てて、ことごとく裏切られてきた。

「いえ、正直、どこのカードローンも、とっくに限度額いっぱいで」

雄三は面目なさそうに言った。それでも一応質問に答えるのは、今日、新平から金を引き出すことを、まだあきらめていないからだろう。

「借金で借金を返してる感じなんだろ、毎月。利息だけか。なんちゃら払いか」

「リボ払いですか。まあ、そうですが」

「まだ返せてるのか」

「なんとか。あらゆる手を使って」

「あらゆる手？　どんな？」

「それは……カードで商品券を買って、金券ショップに売ったり、とか」

「は？　おまえは一体なにをやってるんだ？」

「ですから、現金を借りる枠がなくなっても、クレカにショッピングの枠が残ってるんで、それをなんとか現金に換えて、支払いに……今はカードで商品券を買えなくなってるところが多いんですけど、いろいろと抜け道があって……やっぱり商品券だと換金率もいいんで」

新平は首を横に振った。

「それで、翌月に商品券の代金がまた請求されるのか、利子がついて」

「ええ、まあ」

「それはもうおしまいだな」

「いや、おしまいというほどでは」

「おしまいだって」

いくら仕事の見積もりの甘かった新平だって、そんな方法での返済が、どれほど無駄で、すぐに立ち行かなくなるのかはわかっていた。

それともあぶない業者に追われるのが、雄三の考える終末期なのだろうか。

「でも、お父さんも、明石建設では、ずいぶん借金したんじゃなかったですか？」

三男が、すがるように言う。新平の会社が倒産しかかったとき、雄三は高校生だった。

「は？　俺のは真面目な仕事の借り入れだぞ。おまえの道楽と一緒にすんな。それに、最終的には、ちゃんと全部返したからな」

新平はムキになった。事業を広げすぎて失敗し、結局は従業員に泣いてもらったのだったが、当時の借入額は、最大で一億三千万円だったか。

正直、生きた心地がしなかったのを思い出した。

4

三月に入ると、繁華街の人通りが明らかに少なくなった。

ＷＨＯにＣＯＶＩＤ-19と名づけられた新型コロナウイルスの感染症は、欧米でも猛威をふるい、そのニュースがテレビでくり返し放送されている。

感染力が強く、死亡率も高い。とくに高齢者や持病のある人には、危険な病だとわかってきた。

近所でマスクを買うのはいよいよ困難になり、薬局に朝から並んで買うか、どこかで不当に高い品でも見つけるしかない。

とりあえず早めに買い置きしておいたひと箱だけで、新平はしばらく乗り切ることにした。

もちろんつぎつぎと使い捨てれば、すぐになくなってしまう。よごれが目立たないうちは、くり返して利用。不織布のマスクを洗っては干し、洗っては干していたから、表面はケバケバになった。

どこへ行くにもマスクを着け、施設の入口では手指の消毒が必須。列にはたっぷりと距離を空けて並ぶ。そんな社会のルールが、すっかりできあがっていた。

訪問介護ステーションからも、事前検温のお願いが届いた。

ホームヘルパーの訪問日には、事前に要介護者の検温を済ませ、発熱があれば連絡してほしい、というお願いだった。

「はい、三十六度二分。平熱ですね」

ベテランの医師ぶった口調で伝えるその検温は、もちろん新平の仕事だった。

デジタルの体温計を、くすぐったがりの英子の脇にしっかり、ぎゅっとはさみ、ピピピッと鳴るのを待つ。

つづけて自分の体温も計って、ヘルパーさんの訪問日以外でも、両方をノートにつけた。

三月の終わりには、ここまで予定通りの開催を強調していた「東京オリンピック二〇二〇」の一年延期が決まった。

兄弟会の旅行のとき、競技のチケットが当たったと喜んでいた定吉は、きっとがっかりしているだろう。

なんの競技が当たったのか、本人もよく覚えていなかったけれども。

開催まであと四ヵ月、聖火がこっそりアテネをスタートして、国内に到着してからの延期決定だった。

四月にはいよいよ東京都に緊急事態宣言が発出され、不要不急の外出は控えるようにと都民は命じられた。

学校が休みになり、人がおおぜい集まる場所は、あれこれと利用に制限が設けられている。

「これじゃ、しばらく撮影会もできねえな」

食卓でレトルトの大盛りカレーを食べている雄三に声をかけると、

「はい。スケジュールは一旦、全部白紙にもどしました」

スプーンを大口に運び、仕方がなさそうに言う。

午後二時の遅い朝食を、車椅子の母と、自室から連れて来た、小さな赤いクマのぬいぐるみ、ププ子ちゃんが見守っている。

「そりゃあ大変なことだな」

一応、同情の言葉も伝えたが、なんだか補助金だか給付金だかがもらえるような話だったから、内心ではホッとしているのかもしれない。

そもそも雄三の場合、へたに外でアイディアを出すよりは、働かないで家にいたほうが、日々のマイナスが少ないのは間違いなさそうだった。

「この機会にやめろ」

ちくりと言うと、

「いやいやいや。まだ頑張ります」

白ひげの雪だるまは、首を振った。


長く通ってくれている訪問看護師の中郷佳代さんが、

「外で支度します」

と断ってから、カラス天狗のような高密度のマスクに、ゴム袖口のガウン、透明の手袋、ヘアキャップに透明のフェイスシールドという出で立ちで家に上がって来た。

いよいよものものしいことになったと驚きながら、いつも通り英子の体調を見てもらう。

「中郷さん、ちょっと」

新平はわざわざ二階から持ってきたデジカメで、その大仰な姿を撮影した。「写真、次くるまでに焼いておくから。あとで記念になるだろ」

フェイスシールドの中郷さんは、少し疲れた顔で小さく笑い、うん、うん、とうなずいていた。


リモートで話せるようにと、建二がわざわざ居間に設置していったタブレット端末で、ときどき新平はそんな近況を伝えた。

連絡をしてくるのは、いつだって建二のほうだったが。

しばらくは呼ばれても簡単には行けないから、そのぶん顔を見て話す、ということらしい。

「どう？　なにしてる～？」

そんな明るい連絡が、今のところ週に二回ほどある。「ママ～、元気～！」

同居家族以外、今はむやみに接触しないほうがいいのだという。テレビをつけていれば、嫌でも耳に入る情報だった。

来客時は、家にいる人間もマスク。

手指は、まめに消毒。

部屋の換気は定期的に。

いろんなルールが身につくものだ。

老いた両親の見守り用に使うつもりらしいタブレット端末で、あちらが実家の様子を確かめているように、こちらも中板橋の建二の住まいの一部が、ちらり、ちらりと窺える。

毒々しい色合いの、大きな版画が壁に飾ってある。クリスタルの花びんに、今日は白いテッポウユリが飾られている。

「おまえ、仕事はどうなんだ」

英子とふたり、画面にちゃんと顔がうつるようにしながら、新平は訊いた。

「仕事？　ないよ～。レストランもバーも、デパートもショッピングモールも、全部閉まってるもん」

建二は、いっそすっきりしたような顔で言う。「今月はずっとお休み。カメちゃんも、写真撮るはずだった舞台が中止になったところ」

同居している彼氏の話になり、ああ、そう、とじつは照れ屋な新平が反応に困っていると、

「カメちゃん、カメちゃん、お父さんと話す？」

建二が横を向いて言う。

いつかこういうことをするのでは、と疑っていたから、とくにびっくりはしなかったけれど、新平は覚悟を決めるのに、ごほん、と一回大きな咳ばらいをした。

亀田《かめだ》くんだったか、亀岡《かめおか》くんだったか。意外に若く、やさしそうな青年が、よく太った三毛猫を抱いて、建二のとなりに、すっ、と座った。

今日ははじめから、そのつもりだったのかもしれない。

「父です。建二が、いつもお世話になっています」

新平は居住まいを正し、はきはきと告げると、先に頭を下げた。英子もまねをして、にこにこ笑いながらちょこんと頭を下げる。その姿が画面の左下にある、自分たちの顔を映した小画面に見える。

亀田くんでも、亀岡くんでもなかった彼が、あわてて自己紹介をした。下の名前が「一」と「亀」のカズキで、仕事はカメラマン。それでカメちゃんだった。

天気のことでも話すように、カメちゃんとふたりで今のコロナの状況を軽く憂えてから、新平

が彼の仕事のことをいくつか質問し、カメちゃんは老夫婦の健康と、新平たちが住む椎名町のことについて訊く。

やがて、どちらが次のひと言を発するのか、会話が途切れたところで、

「じゃあ、ぼくはこれで。すみません、お邪魔しました」

カメちゃんが言った。立ち上がる恋人から、建二が猫を受け取って、背中をそろーりそろーりと撫で、

「ママ〜。みーちゃんだよ〜」

英子に見せている。喜んだ英子は手を伸ばして、画面の猫に触ろうとしている。

新平はいついれたかわからないお茶を一口飲んで、ふっ、と笑った。

「コロナが終わったら、一度いっしょに遊びに来なさい。猫も」

新平が声をかけると、建二は大きくうなずき、

「ねえ、カメちゃん、お父さんがこんど家に遊びにおいでって〜」

恋人に向けて、甘い声で伝えていた。

5

五月に入ってほどなく、新平の三つ上の姉が亡くなった。

兄弟会の旅行では、よくハワイアンを歌って踊る、陽気な姉だったが、英子が倒れたのと同じころに急に記憶力や判断力が低下し、つくばの老人ホームに入っていたから、それ以降、会うことはすっかりなくなっていた。

「そう……。亡くなったか」

長女ということになっていたが、本当はもうひとり上に姉がいて、そちらは嬰児《えいじ》のうちに他界していた。新平の年頃のきょうだいには、めずらしいことではなかった。

老人ホームでの死に目には、家族も会えなかったそうで、しっかり長生きしたのに、ずいぶん可哀想なことになったと、郷里からの知らせに新平はひとり胸を痛めた。

「……だれ？」

電話を切ると、英子が訊ねた。離れて聞いていて、どこまでわかっているのか。

「電話はしげるから。まさえ姉ちゃんが、亡くなったって」

新平は教えた。新平からすれば、唯一年長の女きょうだいで、むかしは「姉ちゃん」とだけ呼んでいたけれど、兄弟会のほぼみんなが、まさえ姉ちゃんと呼んでいたから、いつのころからか、そう呼ぶようになった。

「……いくの？」

「ん？　葬儀か？」

「うん」

「もう、家族だけで済ませたって」

きょうだいが一人他界したのに、こんな時期だからと会いに行くこともできない。みんなと一緒に、きちんと送ってやることもできない。

コロナ禍、という言葉が、急に重く新平の胸にのしかかってきた。


その年は、ずっとそんな様子だった。

基本、外出を控えたまま、十月と十一月に夫婦で年を一つずつ重ね（新平は九十五に、英子は九十四になった）、年が明けても、自粛ムードで過ごした。午後のニュースが毎日、その日のコロナ陽性者数を伝えている。

そして春だ。

新平より十五歳も若い、下から二番目の妹が急逝したので参ってしまった。

一番下の妹、はるえから知らせを受けても信じられなかった。

「うそだろ」

新平は言い、

「うそだろ」

もう一度くり返した。「いつ」

「今朝、病院で亡くなったって」

若い頃、新平の家の二階に住んでいたのが、そのはるえと、亡くなった光子《みつこ》だった。ふたりとも、新平の家から学校へ通い、就職し、結婚をした。明石建設の手伝いを頼んだ時期もあったし、なによりまだ小さかった三兄弟の世話をよく焼いてくれた。一緒に節分の豆まきだってした。

結婚後、光子は東京を離れたけれど、若い頃、新平が建てたあの家の二階に住んでいた「東京組」は、いくつになっても心を許し、近しく感じているところがあった。

口にはしなくても、新平はそう思っていた。

光子は平成の終わり近くに連れ合いを亡くしたあと、病気をしてしばらく入院していたけれど、その後は落ち着いて、ひとり暮らしをしていた。

三人の息子たちが全員近くに住んでいたから、毎日、誰かが一緒に夕食をとるようにしているのだと聞いて、

「かっ。できた息子たちだな！　えらいな」

似た家族構成の新平は感心するほかなかったが、そんな話をしたのは、他でもない、一昨年の兄弟会といとこ会の温泉旅行のときだった。

そこにも光子はしっかり参加していて、

「あんちゃん、長生きしてね」

むしろ新平の身を案じてくれたのだった。

はるえの話によれば、息子のひとりが夕食をともにして、ひゅーひゅー、ひゅーひゅー、と母

親からおかしな音が聞こえるけれど、とにかくご飯をしっかり食べ、テレビも見て、いつも通り元気だったらしい。なのに、翌朝には救急搬送されて、それから二日で亡くなったということのようだった。

「ひゅーひゅー？」

「肺の音だったらしいの、お嫁さんからの又聞きだけど。肺炎になってたんだって、みっちゃん」

はるえはそこまで教えてくれると、しばらく電話の向こうで黙っていた。「ＰＣＲ検査の結果が陰性だったから、コロナではないらしいけど。……悔しいね」

やはり葬儀に関しては、「みなさん、こんなときなので大丈夫です」とのことだったが、はるえはすぐに駆けつけるつもりだと言い、

「あんちゃん、また連絡するね」

と電話を切った。

「どうしたの？」

英子が心配そうに訊いたけれど、光子が死んだとは、言い出せなかった。新平自身が、その事実を認めたくなかったのかもしれない。

英子に異変があったのは、光子が亡くなって四十九日にもならない、まだひと月も経たない頃

だった。

「お父さん、お金ちょうだい」

英子がみょうにはっきり、強い口調で言ったのでびっくりした。

夕食前の食卓だった。

「お金？　どうすんだ、そんなの」

「お酒買いに行くのよ」

「酒？　酒なんて、いらないだろ。それに小さいのなら、正月のお屠蘇の残りがあっぞ。飲むか？」

「ダメダメ。田辺さんに出すんだよ、一升瓶じゃなきゃ」

「はあ？　田辺は、もういねえよ」

光子の配偶者、田辺君が亡くなって、もう四年にはなる。

「ふたりが来てくれてるから、お酒出さないと」

「やめろって。どこに来てるんだよ」

「そんなの、ここに決まってるでしょ……。あら？　光子ちゃん、どこに行ったのかしら」

亡くなった人が、仲のよい誰かを迎えに来る、といった怪異話は新平も聞いたことがある。

これはそういった類いの話だったのか。

英子の体調が急変し、救急車を呼んだのはそれからほどなくだった。

第十三話　妻の出発

1

　英子が病院から戻ったのは、五月も十日を過ぎてからだった。

　入院期間は最初、二週間くらいと聞いていたのに、結局、退院まで一ヵ月近くかかり、もっぱら妻の介護を担う新平には、久しぶりの長い休みになった。

「おい、ママが帰ったぞ」

　退院の迎えに行ったのも、九十五歳の新平ひとりだった。

　新型コロナの影響で、入院中の見舞いはできなかったから、会うのは入院の日以来だった。そう遠くない病院だったけれど、介護タクシーを手配して、まず自分を迎えに来てもらい、そして車椅子の妻と帰って来た。

　留守番の孝史が、玄関のカギだけ開けて、すぐにまた居間に引っ込んだ。車椅子の英子を、介護タクシーの運転手が馴れた手つきで家まで上げてくれる。

「建二は？　来てないの？」

居間に入ると、新平はマスクをはずし、孝史に訊いた。来てない、と孝史は無愛想に首をふる。

「あ、そ」

予定は伝えたはずなのに、どいつもこいつも役に立たない。入院の日には病院まで付き添ってくれた雄三も、あいにく仕事の用があるとかで不在だった。

英子の具合が急に悪くなったのは、先月、もう亡くなった妹夫婦が遊びに来ていると口にした一週間ほどあとだった。

親しかった妹たちがそこにいると言われても、まったくそんな気配を感じなかった新平としては、英子がつづけておかしなことを言い出さないか、つぎつぎと懐かしい人が訪れて、いよいよ妻をあの世に連れて行ってしまわないかと警戒していたのだけれど、幸いそこまで怪しげなことにはならず、妹の光子やその連れ合い、田辺君の名前が重ねて英子の口から出ることもなく、ひとまずホッとしたのだった。

むしろしばらく英子はニコニコと、楽しいできごとがあったあとのように喜び、普段よりおだやかにしていた印象がある。

急変する前日には、新平が二階からデスクトップのパソコンをよいしょと抱えて降り、久しぶりに妻と大きなモニターで津軽三味線の動画をたっぷり鑑賞したりもしていたのに、翌日には一転、車椅子で居間につれて行っても、英子はぐったりとして食欲がなく、ほとんど眠っていた。

「どうした。食べないの？」

新平がいくらスプーンを口に運んでやっても、妻は小さく目を開けて、首を振るのが精一杯だった。

仕方なく、その日は午後も胃瘻で栄養を摂らせたのだったが、次の日から三十七度台の微熱がつづき、三日目の朝には、明らかに呼吸が荒くなった。

おしっこも少量しか出ていなかったし、熱も三十八度ある。

「入院したほうがいいですね」

スクーターで素早く訪ねて来た大柄な訪問医が言い、救急搬送の手配をしてくれた。

行き先は、英子が最初に倒れたときに運ばれた病院だった。


「はい、退院おめでとう」

エコバッグを手に近くの米穀店に行き、英子の好きな赤飯のおにぎりと、いなり寿司、べつの惣菜店で煮魚や煮物のおかずを買って戻ると、新平は妻の退院祝いの昼食会をした。

食卓には長男の孝史の他、見守り用のタブレット端末と、雄三が自分の身代わりに置いていった、小さな赤いクマのぬいぐるみ、ププ子ちゃんが並んでいる。

今日、自称長女の次男、建二からの連絡はまだないけれども。

借金王の三男は、コロナのおかげでしっかりと法人のための持続化給付金をもらい、さらには公的な機関を通じての借り入れや、かなり条件がゆるくなっているという銀行からの融資、インターネットで思い切り調子のいい支援を求めたりもして、何だか妙に資金繰りがよくなっているらしい。近頃、新平なんかに金の無心はせず、よく出歩いている。

都の指示に従い、一時は完全に中止していた撮影会も、「十分な安全対策を施した上で」再開しているということだった。

「こんなコロナ禍に、よく出歩いてるな。こっちは毎日、気をつけてるってのに」

きょうだいの訃報がつづいてさすがに神経質になっている新平が一度意見すると、自分だって肥満による重症化リスクは高そうなのに、雄三はべつに外出を控えるでもなく、ただ新平と顔を合わせる回数を、なんとか減らそうとしはじめたので呆れてしまった。

本人は大真面目なようだったが、新平の姿を見ると踵を返すか、手で口を押さえ、大急ぎで通り過ぎようとする。その様子は、どう見ても、必死で老親の介護から逃げているバカ息子としか思えなかった。

実際、そうやって逃げているのかもしれない。

もちろん親との接触を最小限にしながら、風呂やトイレ、玄関や庭をしっかり掃除し、安価で栄養バランスがよく、おいしい食事を用意することだってできるはずだったが、気が利かず、自分にだけ甘い三男が、わざわざそんなことをしてくれるはずもない。

だったら家にいるだけ、長男のほうがまだましだろう。

高校中退以来、ずっと引きこもっている孝史の感情はいつだってよく読めないが、母親の無事の退院を祝う気持ちは、当然あるようだった。いかにもホッとした表情で、早速、いなり寿司を頬張っている。

　インスタントのおみそ汁は、新平がふたり分、お湯を注いで出した。

「よかったな、帰って来られて」

　箸を手に、新平はしみじみと言った。

　その言葉がきちんと聞こえるのか、聞こえないのか、それくらいの薄い反応で、うん、と妻はうなずいている。

「よかったな、帰って来られて」

　新平はもう一度言った。

　妻がいない間、この家はどこか抜け殻のように、がらんとしていた。

　手すりが要所要所につけられ、介護器具、介護用品が散在する中に、肝心の妻の姿がないのはさびしいものだった。

　介護役の新平にしても、しばらく自由に過ごせると安堵する一方で、やはり早く帰ってほしいと願っていた。

「なにか食べてみるか」

　自分が選んで買ったものを眺めながら、新平は訊いた。

「お赤飯あるよ。あんた、昔から好きだろ、お赤飯。おにぎりだけど。お米屋の作るおにぎりだから、おいしいぞ」

ひと言ずつ、噛んで含めるように言い聞かせたけれど、いらない、と英子は首を横に振る。

モチ米好きな農家の娘にしては、きっと残念なことだろう。じゃあ、とすすめたお惣菜、里芋煮も、赤魚の煮付けもいらないようだ。

うずら豆にも首を横に振った。

入院前と比べて、果たしてどこがよくなっているのか。

英子が入院した直接の原因は、尿路感染症、つまりおしっこの黴菌《ばいきん》が体に入ったということのようだったけれど、とにかく高齢で体力が衰えているから、どれほど治療ができるかはわからない。

病院に搬送された日、担当医にそう説明されたのだった。

また体力が戻ったら、口から好きなものを食べられるのだろうか。

お赤飯や寿司、あんこ。

新平は慌てず、まずは英子をベッドで休ませることにした。

「な、ばあさん。おやすみ」

他にはなにが好きだったろう。もち、みつまめ、ようかん、そばがき、やきいも。

よく生き長らえた、と感心する反面、いやいや、ここからがまた長い、気を引き締めなきゃと、

覚悟を決め直すところもあった。

二〇二一年、令和三年の五月だった。

2

建二がお見舞いの花を持って訪れたのは、英子の退院から二日経った午後だった。

様子伺いの連絡は毎日あったけれど、英子はずっとベッドの上だったから、話すことはかなわなかった。

「どうしたの？　全然起きないの？　ママ」

「ああ。昨日からは、まったく目を開けないな」

「マスク、とっていい？」

「いいだろ、家の中は」

緊急事態宣言も三度目の発出で、そろそろ各人が、気の緩め方を探るようになっている。

去年延期になった東京オリンピックも、七月には開会するそうだ。感染者の数はなかなか減らなかったけれど、家に来る看護師さんの装備も、一時の物々しさはなくなっていた。

まずきちんと手洗いを済ませてから、寝室へ行き、建二が英子と対面した。

日よけの障子を開け、庭に面したサッシから介護ベッドに明るい日が射している。

午前中に介護ヘルパーさんがきれいにしてくれたから、英子の肌はつやつやに光っていた。

「ママ〜、来たよ。どうしたの急に」

　自称長女は、髪の毛がかかるほど母親に顔を近づけ話しかけた。耳に声を送り込んでいるのかもしれない。「ずっと寝てたらおなかすくでしょ？　起きよう！　ママの好きな大トロのお寿司買ってきたよ」

　それから顔を上げて、新平のほうを見た。

「ねえ、お父さんがキスしたら目が覚めるんじゃない？」

「ふん」

　と新平は笑った。くだらない。揃って九十代半ばの両親になにを言うのだろう。本当に自分はふざけた息子ばかり持ったものだと、新平はしみじみ感心する気持ちになった。

　もっとも、亡き父の棺に、母親をいっしょに入れようとしたのが、新平たち、明石家の兄弟会だったけれども。

　母親を本当に担ぎ上げたのは、弟の定吉だったが、新平だってその場では、よし、やれ！　と盛り上げていた。

　それからよその葬儀では、なぜだか見知らぬ女性に、

「こちら、お医者様？」

　と声をかけられて、

「わかりますか」

と重々しく真面目な声で答えたことだってある。

建二はその血を正しく引いているのかもしれない。

「しないの？　キス」

「するわけないだろ」

「ひっどい。ママ聞いてるよ」

細い眉を持ち上げ、口を丸くして建二が言った。


翌週には、姪のさなえと、新平の末の妹のはるえが、つづけて会いに来てくれた。

「田舎には言わないでな。遠いのに気をつかわせちゃうと悪いから」

どちらにもそう釘を刺して、新平が電話で伝えた。

ふたりとも都内住まいだったし、気取り屋で友だちの少ない英子にしては、めずらしく気を許し、長く、親しく付き合っていた相手だった。

どちらも親戚だったが。

英子も彼女たちになら、入れ歯を外し、口を半開きにし、のんきそうに寝ている姿を見られても平気だろう。

どちらとも、英子のそばに座って昔話をした。

新平たちのおばさんが、国鉄の板橋駅前でたい焼き屋を営んでいたことや、英子の甥っ子にひとり、若い時分にやんちゃだった者がいて、喧嘩で警察にお世話になったのを、頼まれて新平が引き取りに行ったこと、など。

「あんちゃんに建ててもらった家、まだまだ頑丈だよ。今度見に来て」

はるえの言葉は、新平の耳にも心地よく、懐かしく響いた。明石建設が設計施工を頼まれ、はるえ夫妻の家を建てたのは、もう四十年以上前だった。

床ずれ防止のローリング機能なんかもついた電動の介護ベッドを少し起こして、英子の顔をちゃんと見ながら話している。

新平はそんな操作を覚えるのは得意だった。ホームヘルパーや看護師のすることをじっと見て、やり方をいちいち教わる。

ベッドばかりじゃない。今度はいざというときのため、たんの吸引をする機械の操作方法を、きちんと教わろうと思っていた。


二十八日に血便が出た。

胃瘻の栄養が、もう体に吸収されなくなっているらしい。

血圧が上がらないから、このままなら、今日か明日逝ってもおかしくない、と訪問医の宮崎《みやざき》先生が言い、

「今日か、明日?」

かつて三國連太郎に似ていると言われたこともある新平が、引退した鬼刑事のようにぎろりと睨んで聞き返すと、

「今日明日でもおかしくないし。うん……もう少しがんばれるかもしれないですが」

大柄だけれどやさしげな宮崎先生が、少しニュアンスを弱めた。「呼吸がおかしくなったり、なにか心配があったら、すぐに呼んでください」

つまり、だいぶキケンな状態にあるということなのだろう。

ちょうど建二からタブレット端末に連絡が入り、その状況を伝えると、映っていた格好のまま、三十分ほどで訪れた。

「建二、ご苦労さん。早いな」

じゃらりと玉のれんを鳴らし、軽快に居間から出てきた新平に、なんだか腿《もも》まである大きなTシャツを着た建二が、驚いたふうに言った。

「え。ママのそばに、ついてないの？」

「今、中郷さんが来てるから。看護師さん。年上のほう」

新平は答えた。英子が目を開けなくなって以降、訪問看護師はふたり態勢になって、しょっちゅう行き来をしてくれている。もうひとりは若い子だった。

ヘルパーさんも連日お願いしている。

「毎日が、危篤みたいなもんだからな」

新平は自分なりの見立てを、得意そうに口にした。

建二といっしょに寝室に入ると、ちょうどよかったというふうに看護師の中郷さんが、

「今、目開いてる」

と言った。

「あ、そう？」

「ちゃんと見えてないのかもしれないけど」

申し訳なさそうな中郷さんの説明を聞きながら、

「いや」

新平は首を振り、ベッドに横たわる英子の顔を覗くと、確かにしっかり瞼が開いている。

どこに焦点があってるかわからない黒い目の前に、新平は自分の顔を寄せた。

「見えるか？　ママ。見えるか？　ママ。見えるか？　ママ」

同じ質問を三回してから、手前の好位置を建二にゆずる。

なにごとかと近づいてきた孝史も引っ張って、妻の視界に入れた。

これで家族のうち、三人の姿は目に焼きつけただろう。


次の日、建二が自前のエプロンや手袋やブラシを持参して訪れ、トイレや廊下の他、荷物だらけで狭い階段にへばりついたガンコな綿ぼこりなどをせっせと掃除している。

昨日訪れて、なにか思うところがあったのかもしれない。

あるいはもっと前から思っていて、我慢していたのか。

「おお、いいな。それ毎週たのむ」

新平が調子よく言うと、

「んー、もう！　どうしたらこんなになる？」

建二はあきれたように首を振り、

「やだよ、そんなの。自分たちでやって。住んでる人たちで」

と鼻息荒く答えた。

「雄ちゃんか、孝兄にやってもらうしかないんじゃない」

「やるもんか、あいつらが」

新平は新しい冗談を聞いたみたいに笑った。「何十年も待ってってっけど、そんな日は来ないぞ」

「やらせないからいけないんじゃない。アパートの掃除だって、私とお父さん以外、誰もやったことないんじゃない？　ママだって、やってないよね」

「ああ。あいつは掃除嫌いだからな」

新平は、かっ、と笑った。

今日は下働きに来てくれたらしい建二にあれこれ命じ、新平は英子の様子をたびたび気にしながら、二階に上がって自分のルーティーンもこなした。

キーガシャン、キーガシャン。

キーガシャン、キーガシャン。

大きく足を広げ、スライドさせる健康器具で脚力を鍛える。

それから新しく買ったパソコン台に向かい、二つほど大切な言葉を検索し、そのままの姿勢で、裸婦を描いた上品な薄い画集をひらひらとキーボードの上でめくる。

そのうちいくつかの行為を、建二がうしろから、そっとスマートフォンで撮影していたらしい。

「お父さん、全部撮ったよ」

なんだか嬉しそうに言われ、

「ふん」

と新平は笑った。

カラオケでおどけてアキレス腱を切った瞬間を、愛しい孫娘に公開された明石家兄弟会のしげるのように、この五月末の新平の姿も、いずれ親戚連中に共有されるのかもしれない。

階段をおり、英子の様子を見ると、ただ静かに眠っている。

ずいぶん老けたけれど、いつもの丸顔の英子だった。九十四になったのだろうか。Ｍ町の農家の娘と、大工のせがれが、駆け落ちして、昭和二十四年に東京で所帯を持ったのだった。

新平は駆け落ちと思っていなかったけれど、明石家の本家では「あんちゃんと、お義姉さんは駆け落ちした」で決まりとなっていた。

「ママ、だいぶ手がむくんでるね。……でも、大丈夫そうだね、よかった」

いくらかはホッとしたように建二が言った。「今日か明日か、って聞いたから、びっくりしちゃった」

「ああ、大丈夫だろ」

新平も言った。今、すぐにどうなるといった様子ではなさそうだった。

「ママ、足もむくんでるね」

もう夏掛けのタオルケットを、きれいにかけ直しながら建二が言ったので、

「もんでやれ」

新平は命じた。

「うん」

建二は逆らわずに、ベッドの向こう側から足もとに近づくと、手を伸ばし、短いパジャマのズボンからむき出しになった、パンパンのふくらはぎをさすっている。

ずっとさすっている。

新平は、うん、とうなずいた。昔から、手下にするならこの次男坊だと思っていた。

3

そして五月の最後の日になった。

「お父さん。今日はもう、たぶん、あんまりよくないよ」

午前中に来た看護師の中郷さんが、こっそり教えてくれるように言った。

「そうなの」

「うん」

「そうか……よくないのか」

先生との連携で、早めに知らせてくれるのだろう。呼吸がおかしくなったら、すぐに連絡をくれるようにと言われて、

「はい」

と新平は、なぜか丁寧な返事をした。

今日か明日と言われたのを乗り越えて、少しホッとしたところだったのに。

建二にも、とりあえずは自分の用をしてきたらいいと、一昨日言ったばかりだった。

「おい、雄三。建二を呼んでやれ。ママ、いよいよ、まずいかもって。今日あたり、山らしい」

二階に上がって三男に声をかけると、

「え、今日ですか」

むさくるしい白ひげの三男が、顔を振り、ごま塩頭をなでた。スタジオの名前が印刷された、水色の真新しいTシャツを着ている。作ったのかもしれない。

「おまえ、仕事、仕事か?」

「え、仕事……はなんとかなると思います」

「じゃあ、今日は家にいろ」

新平は命じると、荷物だらけで狭い階段を器用に降りた。寝室を覗き、英子の寝息を聞き、中をぐるりと一周した。

それから居間に入り、引きこもりの長男を見つけると、

「おい、孝史。おまえ、まさかとは思うけど今日はでかけるな」

明らかに無駄な指示をしてから、手書きの電話帳をめくり、電話を一本かけた。

建二が到着したのは二時過ぎだった。

よそ行きめいたベージュのおとなしいワンピースを着て、先のとがったサンダルをはき、恋人のカメラマンと一緒にいた。

「お父さん、カメちゃん一緒に来た」

玄関でさっそくマスクを外しながら、建二が言った。

「すみません、お邪魔します、こんなときに」

ちょっと悩んだように、建二に確かめてから恋人のカズキくんもマスクを外す。

「こんにちは、いらっしゃい」

新平は胸を張り、玄関で挨拶をした。タブレット端末の画面で見るよりも、さらに好青年といった印象だった。背が高く、ずいぶん優しそうに笑う。

「一緒に銀座にいたから」と、建二。

「あ、そう。まず英子に会ってやって。喜ぶだろう」

新平は言った。

三兄弟がそれぞれ、どんな恋人を家につれてくるだろうかなんて、事務所が自宅だったころには、妻と話したものだった。

隠れアメリカかぶれの新平には、それは楽しい想像だった。

「おい、おばあさん。カズキくんが来てるぞ、建二の恋人の」

新平ははっきりと、大きな声をかけた。

「こないだテレビ電話で話しただろ。カメちゃん。みーちゃんも一緒に」

無反応なようでも、脳にはちゃんと声が届いているのかもしれない。それを信じて新平はしゃべった。「そのまえに中板橋で買って帰った漬物、あれもおいしかったな」

「すみません、おみやげなくて。お母さん、こんにちは、稲田《いなだ》カズキです、フリーのカメラマンです。チャメ子……建二さんと付き合ってます」

「ママ、私の選んだ人を見てください！」

「古いな、それは」

新平は思わず言った。島津《しまづ》貴子《たかこ》だっただろうか。「古いな。建二、おまえ生まれてないだろ、その言葉が流行ったころ」

「今いっしょに銀座にいて、ちょうどパン買ったところだったの。おいしいパンだよ。ママ、パン食べる？」

「パンじゃねえな、ママは。おこわだな」

今日が山だという妻を囲んで、わいわいと声をかける。

このまま陽気な時間がずっとつづきそうな気がしているとき、ふーっ、と英子がひとつ大きな息をはいて、それだけのことでみんなの声が、すっ、とやんだ。

「おい、大丈夫か」

新平が言い、妻の頬に手を当てると、英子の息づかいがまた穏やかになった。

みんなの緊張がゆるむ。

いつの間にか、雄三と孝史も部屋にいた。

カズキくんが気づいてふたりに挨拶をすると、いかにも逃げだしそうな孝史は逃げずにぺこりと頭を下げ、片手にププ子を持った雄三は、

「すみません、片手で」

と明るくわびながら、もう片方の手で名刺を差し出した。そんなビジネスマナーを気にするなら、クマを置いてこい、と新平は心の中で言った。

来客がチャイムを鳴らし、先に出ようとした建二を手で制して、新平が大股で玄関に向かった。やはり新平自身が招いた客だった。

グレイのスーツ姿のお客さんを居間に案内してから、

「ちょっと向こうに来てくれ」

孝史、建二、雄三の三人を新平は呼んだ。

「向こう？　なんで？」と建二が首をかしげている。

「ちょっとで済むから」

「ちょっとって、なに？」

「信用金庫の人が来てんだ」

「信用金庫の人？」

なに、なに、という顔ながら、とりあえず建二を含め、三人全員がついてきた。

スーツ姿の若い職員と新平、三人の息子で食卓を囲むと、まず新平はお客さんにお茶を出した。

それから三人の息子に向かい、

「今から、ママの口座のお金を、俺の口座にうつすから」

と宣言した。

「なんで？」

顔全体で疑問を投げかける建二に対し、

「葬儀代とか、とりあえず当座のお金のぶんを、すぐ使えるように避けておくっていいますよね」

金策に走ってばかりの雄三が、知ったような顔で言った。

「そう」

正解、と新平はうなずいた。実際のところ葬儀の予定はないのだけれど、名義人が亡くなったあと、しばらく口座が利用できなくなるのは不便な気がした。

職員には電話で話して、来てもらったのだ。

存命中なら口座間の移動ということで、便宜を図ってくれたのだろう。

この場に親族も揃っていて、了解している。

「じゃあ明石英子さんの口座の全額を、こちらの明石新平さんの口座にうつすように承りました。預かり証を今作りますね」

特に問題もなく話が進む中、建二ひとりが上目づかいで、なにか犯罪にでも巻き込まれているような顔をしている。

新平の見るところ、建二はちょっと疑り深く、被害者意識が強いのだろう。いや。正義感が強いのか。

「あの〜」

玉のれんをじゃらりとかき分けて、カズキくんが顔を覗かせた。

「お取り込み中にすみません。お母さんの呼吸が、ちょっと不規則になってます」

いきなり訪れた家で、死の床にある病人を託されたカズキ君は、さすがに困ったように言った。

「できれば、そろそろご家族の方に戻っていただいたほうが」

「呼吸が不規則って、どんな？」

いつもよりちょっと甘い声で建二が訊く。

「一回息が止まって、ふっ、て吹き返すみたいな感じ」

こちらも恋人らしく、くだけた調子でカズキ君が説明した。「その吹き返すまでの時間が、ちょっとずつ、ちょっとずつ長くなってて……なんか、このままだと、もしかしたら僕ひとりでチャメのママを看取っちゃいそうな」

それを聞いてチャメこと建二が、急いで居間を出て寝室へ向かう。

少し遅れて、雄三と孝史も向かった。

新平は依頼したお金のことを終えてから、若い職員に礼を言い、大きなカバンを提げた彼を玄関まで見送った。

長い靴べらを渡し、もう一度礼を言ってから、ちゃんとドアが閉まったのを確認して、ようやく愛妻のもとへ向かった。

「お父さん、なにしてんの。早く。そばにいてあげなよ」

建二がおいでおいでと手招きする。

「お父さん。お母さんのそばに」

岩のような雄三も言う。

普段、そばにもいないやつらが、大げさに、と眉間に皺を寄せた新平は、一つ年下の妻をすぐそばに見られる位置で、

「おい、ばあさん、元気出せ」

と声をかけた。

「お父さん、手にぎってあげて」

という建二の指示には従い、

「ほら、キスして。ママの目が覚めるから」

というデタラメな提案は無視した。

最初に倒れて運ばれた病院で、無理な延命はしないでくれ、と告げたのを思い出した。

新平のその考えは、基本的には変わっていない。

ただ、その入院では、妻はもう長くないと決める新平に対して、建二ひとりだけ、そんなことはないと抵抗したのだった。

何度も病室に通い、ほとんどしゃべれない英子とコミュニケーションを取り、医師と新平が決

めた治療方針にもいちいち口出しをし、結果、英子は今を迎えている。

あの入院からもう五年半、六年近くになった。

いろいろ大変だったが、やはり長く生きてくれてよかった。

「ママ、がんばらないと、信用金庫の口座のお金、全部お父さんに取られちゃうよ、グルだよ、信用金庫の人」

建二がまた一生懸命、呼びかけをしている。

「いいんだよ、あの金は、ママが倒れてから俺が積み立てたの」

新平が返事をした。

「うそだあ」

「ホント」

「ママ〜、どうして大工さんの名前のハンコが、うちにいっぱいあったの」

「ママ〜、新宿のデパートでナンパされて喜んでたよね」

「ママ〜、もっといっぱい悪いことしてるよね」

建二がつぎつぎ声をかけ、英子をこちらへつなぎ止めようとしている。廊下に出て、訪問医とスマホで話していた雄三が、

「えっと。今すぐ、宮崎先生が来てくださるそうです」

ベッドのそばに戻った。

歩いてそう遠くない医院だから、スクーターなら数分だろう。ドアにカギはかけただろうか。それともかけなかったか。そうやってふと玄関のほうを気にしたすきに、あっさり妻の命が終わる音がした。

それは無音だった。

「安らかに」

新平はぴんと背筋を伸ばし、一礼をして部屋を出た。

「ねえ！」

建二が強い声で、自分のことを呼ぶのが聞こえた。

「お父さん、先生がいらっしゃいましたよ」

雄三に声をかけられて、新平は目を開けた。

いつも食事をする場所で、ふと眠っていたようだ。ほんの一、二分のことかもしれない。

雄三は、ひげだらけの顔がべたべたになっていた。亡き母にすがって泣いていたのだろうか。

雄三と一緒に英子のもとへ行き、先生の短い診断を待った。

「心不全ですね。時間は、午後三時十五分にしておきます」

最近では毎日のように来てもらった宮崎先生に丁寧にお礼を言う。

死亡診断書はすぐに用意ができるので、あとで取りに来てくださいと言った。

それからしばらくすると、看護師さんと介護ヘルパーさんが入れ替わり立ち替わりして、英子の亡骸《なきがら》をきれいに整えてくれた。

新平がはじめて見る、薄いオレンジ色の寝間着をきている。建二が用意してくれたのかもしれない。新平は、眠っているときと少しも変わらない英子の顔に触れ、いい子いい子をするように、頭をぽんぽんとなでた。

ありがとう。

ベッドの手前に置いた小さなテーブルに、仏壇にあった香炉とおりん、火立とお線香が並べてある。

お供えはまだ、湯のみのお茶だけだった。

「赤飯でも買ってきてやれ」

新平は雄三に言った。

「赤飯……って、いいんですか、お祝いみたいな」

「いいだろ、ママの好物だ。それに、大往生だろ。ママの好きな、お米屋のおにぎり買ってきてやれ」

お花や菓子、他の弁当など、あれを買え、これを置け、と新平は指示役に徹していたけれど、実のところ、全身にどっと疲れが出て、腰が抜けたようになっていた。

下手に座ると立ち上がれず、部屋と部屋を移動するのにも、すぐによろけて建二に支えられた。

「大丈夫なの、お父さん。急に年相応になってるよ」

からかうというより、心配そうに建二が言った。

「孝史はどこ行った？」

「部屋にいるよ」

「いつも通りか」

「どうしていいか、わかんないんだよ。孝兄。きっと」

建二と雄三、それとカズキくんが手分けをして、買い物をし、病院へ死亡診断書をもらいに行き、その足で役所に死亡届を出しに行った。

時間外の窓口を使わなくても、ぎりぎり今日の受付に間に合いそうとのことだった。

「本当にお坊さん、呼ばなくていいの」

戻った建二が、確認するように言う。

「いい」

新平は首を横に振った。英子の遺体は、予定通り、医大への献体に出すことにしていた。

介護ステーションの人に教わり、ドライアイスを葬儀屋さんに届けてもらった。

エアコンを一番低い温度に設定して、部屋をひんやりとさせる。

お供えのテーブルに、ようやくお赤飯のパックと焼き芋、茶まんじゅうが置かれ、食べるのが好きな英子も、きっと喜んでいるだろう。

「おばちゃん！」

さなえが娘ふたりと一緒に訪れ、お線香を上げてくれた。こんなコロナのご時世だけれど、やはり生きているうちに一度、会いに来てもらってよかったと思った。

むかし喧嘩で警察につかまり、新平が身元を引き受けに行った甥っ子も、義理堅く駆けつけて、いとこに当たるさなえや建二に、古い喧嘩の話を蒸し返されていた。

医大の白菊会からの迎えの車は、翌日、午後二時に来ることになっていた。

献体には期限があって、そこの会では、亡くなってから四十八時間以内でなければ受け付けてもらえない。

ワゴン車にストレッチャーで運び入れるのに、手伝いがひとりほしいと頼まれ、雄三が担当することになった。

「服装は？」

明日またお別れに来るという建二が訊くと、

「普段着でいいよ」

新平が答えた。

べつに儀式があるわけでもない。献体に出すと短くて一年、長くて三年は、お骨《こつ》が自宅に帰ってこないという話だった。

翌日、二時に英子を迎えに来たのは、紺色のワゴン車だった。

普段着の新平家族と、喪服を着たさなえ親子たちのあいだを、白絹をかけられた英子の亡骸が、ストレッチャーに載せられて運ばれて行く。

曇天の下を、紺色のワゴン車がゆっくりと出発するまで、新平は数珠《じゅず》を手に見守っていた。

しばらく話していないご近所の人まで、何人か自宅の門の前に立って見送ってくれた。

第十四話　妻のいない旅（二）

1

十月に新平は九十六歳になった。

けれど十一月の誕生日を迎えても、英子はもう年を重ねない。

「お父さん、誕生日のお祝いに、旅行をプレゼントするから一緒に行かない？　日光とかだったら、さーちゃんも一緒に行きたいって。車も出してくれるらしいよ」

十月の誕生日を半月も過ぎてから、自称長女の次男、建二に誘われ、

「旅行？」

いつものタブレット端末で会話をしながら、新平は首をひねった。「……誰と」

「だから、私とさーちゃんと」

「さなえか」

「奥日光なんてどう？　温泉に入れるよ。行く？」

「行く」

「じゃあホテル予約するね。奥日光でいいのね。露天風呂つきのお部屋にしちゃおっかなあ」

と、ずいぶん豪勢な話になっている。

英子が亡くなって、あと少しで半年というところだった。

さなえと建二のどちらが言い出しっぺなのかは知らないけれど、妻を亡くし、しょげた夫の身を案じてくれたのだろう。

新平自身は、べつにしょげているとは思っていなかったものの、六年近くつづいた妻の介護から、ふっ、と解放されて、今はのびのびしているというよりは、明らかにペースを崩していた。

日課だった胃瘻や食事の世話、毎朝の検温、テレビやＹｏｕＴｕｂｅを見ながらの対話、建二が「新平ガールズ」と呼んだヘルパーさんや看護師さんたちとの淡い交流、いつも泣き顔のようになる英子の頭をおさえ、ごしごし、ごしごしと何分も磨いてやる歯磨きタイム、など。

そんなものがなくなっただけで、一日がやけに長く、ずいぶん時間を持て余すようになった。

さらには、まだコロナの世だ。

新平は高齢だからと、すでにワクチンを二回接種したけれど、マスクをして散歩に出ても、どこか息苦しい気がして、小一時間もすれば家に戻りたくなってしまう。

特に暑い時期は、ちょっと歩けば、すぐに息が上がるので、夏バテかというくらい、家で静かに休んでいた。

日々鍛錬しているつもりでも、やはり足腰が弱っているのかもしれない。

旅行の出発日は、十一月下旬の祝日になった。

紅葉の時期にはちょっと遅く、また、あと一週間もすれば、標高の高いあたりは確実に冬のイヤかチェーンが必要になるという頃だったから、そのぶん宿は取りやすかったのかもしれない。

当日は、朝九時半に新平の家で待ち合わせた。

「これ、かぶってきてね」

というメッセージつきで、何日か前、建二からは真新しいニット帽が贈られてきた。紺色で、折り返しに白い刺繍のワンポイントがついている。

朝の体操を済ませ、いつもの健康朝食をとった新平は、テキパキと身支度をし、着替えの入ったバッグをひとつ用意すると、その新しいニット帽を家の中でかぶって待った。

約束の時間よりも二十分早く、さなえの車が到着した。

「建二が、まだなんだよ。上がって休んでて」

ニット帽の新平は出迎えた。

新婚時代の新平夫婦が居候していた、すみれ姉ちゃんちの美しい娘だった。いつもはパリッとした服が多いけれど、今日は近場でハイキングでもするような、軽くて動きやすそうな服装をしている。

「おばちゃんに挨拶させて」

手洗いを済ませると、さっそくさなえは仏壇のある寝室に入った。明石建設の事務員をしてもらったこともあるさなえは、六十代もなかばになっただろうか。

寝室の一番奥に何年も置かれていた介護ベッドは、レンタル品だったから、もちろんもうなくなっている。

新平はそこに妻の気配を感じることはなかったけれど、ときどきその場所を見て、妻が亡くなった、あの日の気持ちを甦らせることはあった。

あの日、どうしてだろう、妻はまだ死なないと思っていた。

いくら危篤と言われても、まだ死なない気がしていた。

2

とりあえずなにもしない、とだけ決めていた新平が、英子の初七日の法要を営むことにしたのは、郷里に住む弟のしげるが、都内のお寺を紹介してくれたからだった。

もちろん、新平も最初は、

「いや、いいんだって。俺んとこは、もう献体に出したから。あとは戻ってきてから、なにか、うちのやり方で弔ってやるよ」

申し出に感謝しながらも、自分なりの計画を伝えて断ったのだけれど、すぐにしげるの息子、都内でしゃれたアンティーク家具の店を何軒も経営するたけひろ君からも、電話がかかってきた。

「ご住職の奥さんがM町の出身で、おやじとも知り合いなんだわ。おじさんのところからだと、車で三十分くらいかかっちゃうけど、これから先のこともあるし、菩提寺がないんだったら、一度相談にのってもらったらいいんじゃないかなって」

忙しい身だろうに、自ら車で迎えに来てくれると言う。頼もしい甥っ子がそこまで言うのならと、新平はわずかながら考えを改める気になった。

「戒名だけでも、つけてもらうか」

妻がいた寝室に置いてあるお供え台に、位牌のひとつもないのは少しさびしいと思っていた。いずれ台を片づけて、おりんや香炉を仏壇に戻すなら、なおさら位牌があったほうがいい。近くの仏具店に頼んで、俗名でひとつ作ってもらおうかと、ちょうど考えていたところだった。

「これから先、誰かが線香をあげにきてくれても、英子の位牌がないんじゃ、拝みようがないもんな」

ただ、そんな新平の思いつきや勝手なこだわり、ひとり決めが通用するのも、もう明石家の中だけだったのだろう。

小さいながらも歴史は古いというひなびたお寺を訪ね、よく日に焼けた甥っ子、たけひろ君の仲立ちのもと、新平が希望を告げると、

「ご遺体もないのに、戒名だけつけてほしいと言われましても」

年の頃は八十代半ばだろうか、おだやかな雰囲気のご住職が、明らかに困惑した表情になった。

「できませんか」

「やはり、きちんと弔われたほうがいいですよ」

やんわりと、たしなめるように言う。

「この初七日の日に、まず葬儀のお経をあげて、ご焼香されてはいかがでしょう。それからつづけて初七日の法要のお経と、もう一度、ご焼香いただくことになりますが、少人数でしたら、それほどお時間はかかりません」

カレンダーを見ながら提案されて、

「でしたらそれで」

もともと確固たる信念があったわけでもない、新平は素直にお願いすることにしたのだった。


ちーん、とさなえがおりんを鳴らし、ガラス戸棚の上の仏壇に手を合わせた。

真新しい位牌に記されているのは、お寺でご住職につけてもらった妻の戒名だった。

英洲《えいしゅう》、の二文字は、新平が頼んで入れてもらった。

英子が長く習っていた、詩吟の師範としての名前だった。

初七日に白木のお位牌をいただき、四十九日のときに、本位牌を用意して魂を入れてもらう。

今、仏壇にあるのが本位牌だった。

初七日は急だったので、家族とたけひろ君、妻の最期に立ち会ってくれた建二の恋人・カズキ君にまでは声をかけたのだったが、四十九日の法要には、さなえとその娘たち、新平の末の妹、はるえとその娘たちにも参列してもらった。

御斎《おとき》の席では、頼れる甥っ子、たけひろ君のことを、建二がおどけて、

「新あんちゃん」

と呼んでいるのが聞こえた。

「なんだ？」

と訊くと、新平に代わる「新しいあんちゃん」とのことらしい。

そりゃいいやと新平は笑った。

これから先、明石家の集まりは彼にまかせておけば大丈夫だろう。

新平自身も、ご住職に相談して、この機会に生前戒名を授けてもらった。

仏門に入るというかたちで授戒式が行われ、新平は今後、五つの戒律を守って暮らすと誓ったのだったが、そうして授かった戒名には、父と祖父の名前から、一文字ずつもらっている。

この寝室のガラス戸棚に、その戒名の入った封筒を立ててあるから、もし自分になにかあれば、息子たちがそれを使うこともできるだろう。

ほどなく、ぽっくりのようなスニーカーをはいた建二が到着して、五分ほど休憩してから日光

へ出発した。

「お父さん、帽子。みーちゃんが横向いちゃってる」

新平のニット帽の向きを、ひらひら袖の建二が直してくれる。

小さな猫の刺繍が、正面に来るようにかぶるらしい。

「は〜い、いいよ」

建二が助手席に乗り、新平は後ろの席にゆったりと腰かけた。

雨はふらない予報だったが、車の向かう先には、ずいぶん低い雲が垂れ込めている。

3

土地の権利書が見あたらない、と家の中が騒ぎになったのは七月だった。

遺言信託をしてある銀行へ出向く日を控えて、自分たちでも徐々に、必要な書類を用意していたところだ。

英子の名義になっている不動産は、自宅とアパートのそれぞれ二分の一だったから、今回、その名義を書き換えなくてはいけない。その権利書二通を揃えておこうとして、はじめて、家の金庫に入っていないことに新平は気づいたのだった。

自宅とアパート、どちらの権利書も見当たらなかった。

ない、とはっきりさせるのにも、金庫の中を、しっかりあらためなくてはいけない。

あちらの封筒を覗き、こちらの紙の束をほどいてと、中を探るのに、しばらくかかったけれど、いざ金庫にないとなると、一体どこにしまったものか、なお考えるのが難しくなった。

書類ケースはもとより、書棚や簞笥、電話台、テレビラック、仏壇の引き出しや中身不明のダンボール箱など、家のあちこちで書類を探し、三人の息子たちにも心当たりがないかと訊ねることになったが、三人とも権利書の行方なんかに心当たりはなさそうだった。

長男の孝史に訊くと、無言のまま視線をそらして首をふる。

「えー知らないけど、ないとまずいんでしょ、それ。もしなかったら、だれも相続できなくなったりする？　権利が消滅？」

中板橋にいる建二の、妙に子どもっぽい質問には、

「そんなことはないだろ」

新平が答えた。役所には土地の登記簿があるだろうから、最終的には、それを確かめればいいはずだった。「でも、厄介だな。絶対に金庫にあるはずのものが見つからないってのも気持ち悪いし……雄三、おまえ知らない？」

「知りません」

三人の中で一番、権利書だとか抵当だとかには関心がありそうに思うけれど、新平の見立てでは、わざわざ家の金庫を勝手に開けて、なにかを持ち去るようなタイプでもなさそうだった。も

うちょっと図々しくて、甘ったれている。

「ママのことを騙して、お金を借りさせたりしてないよな」

「しないですよ、そんなこと」

「あ、そう。じゃあいいや」

「それよりお父さん、今度の銀行へ行くやつ、あれはどういう相続になってるんですか」

質問への切り返しで、逆に雄三が訊ねてきた。白髭をなでて、にこにこ、にこにこしている。あれほど待った資産相続だ。どうしても口元がゆるんでしまうのかもしれない。

母の死を悼む気持ちはもう消えたのか。

それともお金のことは別問題なのか。

「相続？　そんなの、俺が半分で、のこりをおまえたちで三等分だよ。不動産も現金も」

とにかく平等にと記したはずだから、まずは法の決まり通りの分け方だろう。新平としても、とくに隠すことなく教えることができた。

「だけど、おまえにはもう取り分ないぞ。家の金をたくさん使ったからな。そのぶんは、孝史と建二に返してやってくれ」

いつも通りの釘は刺したが、いやいやいやいや、いやいやいやいや、と雄三は苦笑している。

まったく応えるつもりはなさそうだった。

首都高から東北自動車道に入り、十五分ほど走るとパーキングエリアでトイレ休憩をした。最近、お手洗いが近くてな、と新平がはじめに申告しておいたから、さなえが早めに停めてくれたのだろう。

年齢からすれば十分にすたすたと大股に歩く新平は、服を汚さないようにゆっくりと用を足し、きれいに手を洗ってトイレを出た。

出口の近くに、建二とさなえが立ち、こっちこっちと手招きする。

「なにか食べんのか」

ふたりの向こうに三角屋根の、ガラス張りの建物が立っている。いかにもサービスエリアの土産物売場といった風情で、きっと食堂も併設されているだろう。

「食べない食べない」

さなえが首と手をふった。すぐに丸くなる英子の家系にしては、よくスタイルを保っている。

「ここで食べちゃったら、日光でおいしいお昼食べられなくなるから。お茶で休憩」

「お父さん、トイレが近いんだったら、べつになにも飲まなくていいからね」

この旅ではやけに親切な建二の気づかいを聞きながら、新平は外の自動販売機でさっさと自分の飲み物を買い、ガラスの自動ドアを開けて建物に入った。

らーめん、うどん、ちゃんぽん、カレー、ソフトクリーム……喫茶・飲食系のお店が、イートインらしいテーブル席のさらに向こうにたくさん並んでいる。

手近な空席に座り、新平はマスクを外して片耳にかけた。そのスタイルは、最近の新平のお気に入りだった。

ペットボトルのキャップをひねり、ほうじ茶を、ちびっと一口飲む。

少し遅れてきた建二とさなえが、それぞれ飲み物を手に、アクリル板の向こうに並んで座った。

小さなテーブルの真ん中には、新平の座高よりも高い透明な板が置かれている。

「ふん。刑務所みたいだな」

どうしても気になって、新平はわざわざ口にした。

その板をはさんで、ふたりとしばらく話をすると、新平はまたなにも言わずに立ち上がり、あちらの土産物売場へ向かった。

陳列してある品から素早く選び、大袋に入った揚げ菓子を一つ買って戻る。

開封したそのお菓子、「黒糖揚」を五つ六つ、広げたティッシュの上に出した。

平べったい、かりんとうみたいなお菓子だった。

アクリル板があって向こうからは手を伸ばせないから、ティッシュ一枚と、お菓子の袋をさなえのほうへ無言で差し出し、ふたりで食べるようにと身ぶりで示す。

「お茶菓子ね。おじちゃん、ありがとう」

「なんでジェスチャー」

一泊二日の旅のお供が、あらためて新平の勝手なペースを思い出したように、苦笑している。

日光宇都宮道路を日光インターチェンジで下り、ＪＲと東武の日光駅を横目に街道を行くと、急に道の両脇にお土産の看板が多くなった。

出がけの曇天が別世界のことのように、きれいな青い空まで見える。

「このあたり、明日も来んの？」

羊羹《ようかん》、という看板をつづけて見つけ、新平が訊くと、

「帰り？　うん、ここ通るよ」

さなえが運転しながら言う。「おじちゃん、明日、どこか寄りたいの？」

うん、と新平はうなずいた。

「なに買うの？　お土産？」

助手席から、自称長女が振り返って訊いた。

「ああ。お土産買いたい」

「誰に？」

「奥さん」

「え、ママに？」

「違う。近所の奥さん」

新平は首を振った。さすがにこれでは言葉が足りないと思った。「アパートの掃除頼んでる奥

さん」

あー、はいはい、と建二はちょっとへんな顔をして答えた。

毎月のアパート周りの清掃は、今年の春から、建二のかわりに近所の奥さんに頼んでいた。人使いが荒いとか手も洗えないとか、細かいことで建二とまた少しやり合ったのだ。ちょうど空室になった一〇一号室を、貸さずにまた事務所にして、そこに掃除用具を置いたらいいと建二が強く主張したのも、新平の考えとは大きく違っていた。じゃあ、もうおまえには頼まない、と話にケリをつけたのは新平だった。

それはちょうど、英子が最後の入院をしていた時期だったから、退院の日に建二が無理にでも病院か自宅にかけつけなかったのは、新平の物事の進め方に大きな不満を抱いていたからかもしれない。

月一回の掃除を引き受けてくれた奥さんは、アパートの十軒ほど向こうから、颯爽と自転車に乗ってやってくる。

八十代の女性だった。

「うちのアパートまで、歩くのは遠くて嫌だけど、自転車ならいいってんだよ。自転車なら毎日乗ってんだってさ。八十何歳で、駅二つでも、三つでも、自転車で行っちゃうって」

「なにさん？」

「山口《やまぐち》さん」

「じゃあ、明日の帰り、山口さんにお土産。覚えとくね。私もカメちゃんに、なにか買おうっと」

「おまえ、なに買うんだ、彼氏に」

「なんだっていいでしょ」

建二が言い返すと、父と子ののどかなやり取りに、運転席のさなえが、ふっと笑った。


明治の館についたのは一時過ぎだった。

この調子なら午前中に着きそうだと建二が言ったのに、その途端に車が進まなくなった。すぐそばの短い橋を渡るだけで、三十分くらいかかった。

日光東照宮のすぐ近くにある、石造りの古い洋館を利用した洋食レストランだった。一階に庇《ひさし》のある三階建ての洋館は、正面に白い格子窓が並び、壁に配された乱積みの石が、色とりどりで、ちぎり絵のように美しい。

旅のスケジュール作りをまかされた建二が、ネットの旅情報を吟味して、ぜひ新平にここで食事をしてほしいと思ったらしい。

ただ、祝日に同じ考えを持った人は多かったようで、ずいぶんな数の待ち順を伝えられた。

「どうする？　一時間くらい待つらしいよ」

「どうしよ～、ほかに行く？」

建二とさなえが相談しているうしろを、新平はすーっと通り、低い石垣で外と仕切られ、大きな庇に覆われたウエイティングスペースへ進んだ。日によっては、客席としても使うのかもしれない。あいたテーブルを見つけ、そこの椅子によいしょっと腰を下ろす。

「いいの？　お父さん。だいぶ待ちそうだけど」

すぐに追いかけてきた建二に訊かれて、

「いい」

新平はうなずいた。

屋外用のパラソルヒーターの煙突の向こうから、ちょうど気持ちのいい、午後の日が射し込んでいる。

ほんの少し残ったモミジの紅と、階下にある中庭の芝生。

そこを歩くマスクの人たち。

現役なのか飾りなのか、クラシカルな赤い格子の電話ボックスが見える。

4

妻の遺言書は、銀行の担当者が何人も並んだ会議室で、新平、孝史、建二、雄三の全員が顔を揃えて開封した。

八月の上旬だった。

「俺は、行かない」

と言い張る孝史をなだめて車に乗せ、うまく連れてきたのは雄三だったけれど、家族全員で確認した英子の遺言の中身は、雄三が思うものとは違っていたようだった。

というより、新平の教えた内容が、先走りした完全なデタラメだったのだけれども。

「これ……ちょっと遺言の内容を変えてくんないかな」

新平自身、思っていた中身とまったく違ったので、慌ててストップを申し入れたが、その場にいた銀行の人たち全員が、

「無理です、無理です」

と口々に言った。

「これは明石英子様のご遺言ですから。今日はその内容を、ご家族のみなさんにお伝えするためにお越しいただいています」

「あ、そう。ダメなの」

新平は少し口をとがらせた。

資産としてリストアップされているのは、権利書が見つからない不動産物件ふたつと、銀行預金の口座がふたつだった。

権利書がないことについては、この場で説明して、やはり役場の登記簿を当たってもらうことになった。

「ほかに、奥様名義の預貯金などはございませんか」

「ありません」

即座に答えた新平のことを、建二がじろりと見た。

残高ゼロになった、妻名義の信用金庫の口座のことを言いたいのだろう。

ともあれ、問題は遺言の内容だった。そのリストにある英子の財産すべてを、「夫の明石新平が相続する」と書かれていた。

もし、明石新平が他界していた場合には、三人の息子が等分する。

夫婦で、そんなふうに決めたのだっただろうか。

記憶が定かではないが、作成の日付に特別不審なところはない。

ということはきっと、新平の遺言書も同じように書かれているのだろう。

新平の財産は、すべて妻の明石英子へ。

他界していれば、三人の息子へ。

一体これはなんのための遺言だろう。

「つまり、これって今回、僕たちにはなにもないっていうことですか」

髭もそり、ネクタイを締め、ずいぶん身ぎれいにしてきた雄三が、マスクを前に引っぱり、眉間に皺を寄せて低い声で訊ねた。

遺留分がどうだこうだと言い出されては面倒なのだろうか。銀行の方々が慎重に、とっさに答えを返さないでいると、

「お父さん！　話が違うじゃないですか」

よほど憤慨したのか、人前なのに雄三は怒りの感情をあらわに言う。

「は？」

大声を出された新平も、さすがに感情的になった。もとより血の気が少ないほうではない。

「同じようなもんだろ、どうせあとでおまえたちで分けるんだから。黙ってろ」

マスクがなければ、もっと迫力があっただろう。「それに何度も言うけど、雄三、おまえの分はもうない！」

「でも、いまさらお父さんに全部って、なんのために」

なおもぐずる雄三に、

「ふたりで稼いだの。俺とママで。昭和と平成で。それをどう分けたっていいだろ。文句言うな！」

新平は言った。

いかにもガンコそうな老人が声を張り上げるので、その会議室にいる行員たちは、しばらく全員動きを止めている。

「お父さん、本当にそう思ってる？」

口をはさんだのは、建二だった。今日はいつもより、毛先をきつくカールしている。「本当は全部、自分のお金だって思ってない？」

「は？　……そりゃあ、思ってるよ。俺の金だろ。稼いできたんだ、全部。ママには手伝ってもらったけど」

「ほら、やっぱり」

眉を上げて、建二が笑う。「でちゃったね、本音が。そんなふうだから、ママもいちいち、自分の持ち分にこだわったんじゃない？　それで土地も建物も、半分は必ず自分の名義にしたのに。やっぱりまだ俺のものって言われちゃうんだ。こっわい」

「なにがこわいんだ。おまえこそこわいよ、おかしな格好しやがって」

新平が思わず口にすると、建二はムッとしたようだった。「サイテー！」ときつい口調で言い、ぷいっと横を向いた。

「雄三。おまえは、早く会社なんかたたんで金返せ」

興奮のあまりマスクが片耳はずれたので、かけ直して新平は言った。「自分の力が足りてないのに、人様の金を使って、いつまでも夢夢言うな！」

それから長男には、

「おまえはどうしたいんだ！」

そのひと言を告げて、ようやく新平は気持ちを落ち着けた。

んっ。んんっ、と咳払いをする。

「もういいだろ、どうせ俺が死んだら、全部おまえたちのものになるんだから」

新平はもう一度、これは静かに言い、その場の全員へ詫びるように頭を下げた。

「……だって死なないじゃないですか」

これは精一杯の嫌味なのか、呆れなのか、諦めなのか、怖れなのか、雄三がぽそりと言うのが聞こえた。

最後に明石家のそれぞれが書類の所定の位置にハンコをつき、その日の会合は終わった。

英子の遺言には、付言事項という、それを読む人へのメッセージが添えられていた。

兄弟三人、いつまでも仲よくしてください、と。

さらに、もうひとつ付言。

これは自分語りだったのか、それともあの日、一緒に遺言書を作成した夫に聞かせていたのか。

私は会社の経理をまかされて、ずっと働いていた気がします。

東京へ出て、多いときには七十人の社員をかかえ、朝から晩まで会社にいて、夫と三人の子どものため、台所にも立っていました……。

5

ウエイティングスペースになったベランダの席にいるあいだ、新平はよく眠っていた。

まぶしいくらいの日差しを顔に浴びながら、しっかり目を閉じ、背筋をぴんと伸ばして眠っている。

ぱちり、と目を開けると、少しもキョロキョロしないから、傍からは、ただ目を閉じていたように見えるかもしれない。

さっきパーキングエリアで買った「黒糖揚」を、三人でときどき虫押さえにつまみながら、四十分ほど待つあいだに、新平は二十分は眠り、トイレにも一度立った。

自分も行くというさなえに案内してもらい、こげ茶の床に優雅な丸テーブル、庭の緑が見える格子窓、天井から下がったペンダントライトに照らされた客席を抜けて、奥のレストルームをお借りした。

やがて番号を呼ばれて案内されたのは、石造りの洋館からはだいぶ離れた別館の席だったから、そうやって中を見ておいてよかったかもしれない。

裏手の細い道を通り、地面に落ちた木の枝や、そこらに無造作に立てかけられた網戸なんかに気をつけながら歩くのは、さなえと建二の手助けなしにはつらかっただろうが、やがてあらわれた平屋の別館も、どこか山の隠れ家めいて、やはり風情があった。

石造りで、窓を大きく取っている。

その別館に、テーブルが六つほどあった。

これが一番の人気メニューです、と給仕の男性に勧められて、新平はオムレツライスを注文した。

海老も一緒に入ったチキンライスに、ふわっとオムレツが載り、そこにデミグラスソースがかかっている。

新平はそれをペロリとたいらげた。

お皿のソースまですべてすくい、お米の一粒も残さなかった。

「どうする？　おじちゃん、ささっと、東照宮だけお参りしちゃう？」

駐車場のほうに戻りながらさなえに訊かれ、

「いや、いい」

新平は首を振った。「俺は、車で待ってる」

「え、行かないの」

建二が驚いた顔をした。レストランの駐車場のすぐとなりが、東照宮の駐車場だった。そこから参道へ入ることができる。

「日光東照宮は何回も来てるし、十何年か前にも、定吉と見たから、いい」

「でも、せっかくなのに」

「いいって」

新平が一度言い出すと、聞かないのはよくわかっているのだろう。さなえも建二も、まずは停めた車のところへ一緒に歩いた。

「ここで待ってるから、ふたりはお参りしてきな」

車をあけてもらい、新平だけ乗り込んだ。「俺くらいになると、心が家康《いえやす》公になって、飛んで見に行くから大丈夫なんだよ」

さなえに聞かせたつもりの冗談だったけれど、

「家康公？」

いたずらっぽい目をして建二が笑った。

「ほら、行ってきなさい」

新平はふたりを促すと、ドアをしめてもらい、車のシートにしっかり背をもたせかけた。

妻がまだ元気だったころ、ときどき無理にでも引っぱって旅行したのを思い出した。

なにしろ運動が嫌いで、よほどの用がなければ、外も歩かなかったからだ。

「そんなんじゃ長生きできないよ」

しょっちゅう声をかけて、いっしょに散歩しようと誘ったのに、そういう話には一切乗ってこない。仕方なく、新聞チラシで見かける「グルメバスツアー」なんかに新平がよく申し込んだ。

「肉」「寿司」「カニ」「ブドウ」

食べもので釣って夫婦で参加したのだった。

あれは十五年ほど前、英子が八十歳くらいの頃だっただろうか。

バスの駐車場から、大勢のツアー客がぞろぞろと砂利道を下る中、英子が足をもつれさせて転倒したのだった。

坂の下の団子店が、そのツアーのお休み処になっていた。

もちろん、いつだって自分のペースで行動する新平は、そのときは先に坂を下りて、振り返り、デジカメを構えていた。

幸い、ツアー客に介護士の女性がいて、英子を抱き起こすと、ズボンの腰のところを、ぐい、と持って付き添ってくれたから、英子はどうにかお休み処でお団子を三本食べることができたけれど、やはり足首をひねったのか、体重をかけると足が痛いようだった。

新平も見よう見まねで、英子のズボンを、ぐい、と引っぱってみたが、なかなかうまくいかない。

「どうした？　痛いのか」

「痛い……けど大丈夫」

「ツアーやめるか」

「やめない」

英子がツアーの途中キャンセルに慎重だったのは、食べたいものがあったからか、参加費を払ったのにもったいないと思ったのか、それともグイグイ引っぱる新平と過ごす時間が楽しかったのか。よりによって長いツアーの、初日のケガだった。

結局、三泊四日のツアー中、親切な介護士の女性がずっと英子に付き添ってくれて、彼女がズボンの腰を、ぐい、と引っ張り、体を支えてくれたおかげで、英子は最後まで旅行を楽しむことができた。

そして東京に帰ってから病院に行き、足のどこかの骨が折れているとわかったのだったか。

「よくつづけたね、旅行。ママもお父さんも、どっちも。骨折してるのに、ツアーの初日から最後までって」

建二には当時そう呆れられた。「いるほうもいるほうだし、連れてるほうも連れてるほうじゃない？　介護士さんだって、ツアーの代金払ってるのに、可哀想に」

その人とは、今も年賀状のやり取りをしている。

6

三十分ほど、眠っていただろうか。

「出発していいですか、家康公」

運転席に座ったさなえが訊き、

「はい」

新平は大きくうなずいた。観光に行ったふたりは、陽明門と三猿を中心に、大急ぎで見て戻ったと言った。

「じゃあ、ホテルに向かうね！」

上りルートの「第二いろは坂」をゆっくり登り、律儀な建二が裏声でいちいち読み上げる「い」「ろ」「は」を聞くうちに、車はどんどん奥日光へと近づいていく。

「に」「ほ」「へ」「と」

「ち」「り」「ぬ」「る」「を」……

上りルートの終わり、「ね」の声を聞いて、急なカーブを曲がり、やがて中禅寺湖と、その向こうに男体山《なんたいさん》が見えた。


部屋は露天風呂つきの和室だった。

新平の立ち座りに不便がないようにと、和室用の高座椅子をひとつ、建二が予約のときに頼んでおいてくれたらしい。

座卓のそばに運び、ありがたく使わせてもらう。

三人分の布団も、ローベッドくらいの、小上がり風の台に並べて敷かれていた。作務衣《さむえ》が用意されている。新平は若草色の作務衣に着替えた。

「やめて、お父さん、いきなりパンイチ！」

建二が気がついて、きゃっ、と笑いながら言う。「さーちゃんだっているんだから」

「私、もう着替えたよ」と、さなえ。

「いつの間に」

さなえと建二には、赤い作務衣が用意されている。

新平はあわてずにしっかり着替えを終え、

「失礼」

と詫びた。

露天風呂は、白樺の林に面したテラスにあり、お湯は自分で張るようだった。白樺のほかに、シャクナゲ、モミジの若木も見える。さなえが蛇口のレバーをあれこれひねり、バスタブに湯を出してみている。

「いいお部屋じゃない」

一通り見てまわって、建二が言った。自画自賛した、ともいえるけれど、いくら予約した本人とはいえ、実際はじめて訪れたなら、最初の感想だろう。

「おじちゃん、お茶どうぞ」

さなえのいれてくれた日本茶を、新平は受け取った。ひとり和風の高座椅子で、ぴんと背筋をのばして飲む。

「うまい」

建二は自分でコーヒーをいれている。

夕食前にひとっ風呂浴びようと、三人でばたばたと準備をして、新平は内風呂を利用することにした。

「なんで！　今、テラスの露天風呂にお湯ためてるよ！」

さなえが注意したけれど、

「いや、俺はこっちでいい」

もはや誰にも理解できないルールで、新平は動いている。「外だと風邪ひいちゃうかもしんねえ」

「じゃあ、大浴場に行ったら？」

「いや。目が見えねえから、部屋風呂でいい」

結局、テラスの露天風呂は建二が利用し、さなえは大浴場へ向かった。

「おじちゃん、お湯どうだった？」

戻ったさなえに訊かれ、湯温調節の仕方がよくわからず、ぬるかった、と新平は愚痴をこぼした。

夕食は、館内のレストランに用意されていた。

地元のおいしいものがたくさん出るコースだった。

白子豆腐。ヤシオマス。湯波《ゆば》の和え物。変わり寿司（湯波）。

たまり漬けチーズ。鯛のカルパッチョ風。

フォワグラの茶碗蒸し。

鮟鱇《あんこう》の寄せ蒸し。とちぎ和牛の海老味噌鍋（野菜色々）。

お品書きをいちいち読み上げて、出てきた料理を楽しむ。

「それにしても、おじちゃん、本当に偉いよね。おばちゃんのこと。何年も何年も、あんなによくやってあげて」

ごちそうをいただきながら、そんなふうに褒めてもらう。これは正しく慰労の会なのだろう。

「うん。まあね」と、新平は素直にうなずいた。

まだ余力があったのに、別れることになって残念だった。

「でもさあ、ママだって、本当はもうちょっと元気なときに、よくされたかったと思うよ」

建二が言った。こういうときに無用なことを口にするのが、この次男なのだろう。

「せめて、もっと身体が動いて、好きなことできるときに、お父さんがあれくらいやさしかったら……」

「建ちゃん、そういうことは言わないの」

年長者のさなえが、やんわりとした口調で建二をたしなめた。「覆水は盆に返らないんだから。みんな、今、できることをするしかないのよ。自分のできなかった過去を、よく反省しながら。ね、おじちゃん」

訊かれた新平は、うん、正解、さなえの勝ち、とばかりに大きくうなずいた。

「おじちゃん、きらいなものは？　ないの？」

あまりの新平の食べっぷりのよさに、さなえはあらためて驚いたようだった。

「ない」

新平は答えた。

味噌鍋に入ったうどんも、白ごはん（栃木県産コシヒカリ）も、香の物も……デザートの甘酒豆腐もぺろりと食べた。

「辛いものだけ、ちょっとな」

このコース料理を全部平らげたのは、新平の中でまたひとつ自信になった。

ロビー前の売店をのぞいて、さなえが客室で食べたのと同じ菓子を土産に買い、部屋に戻った。

「お湯加減、私が見るから、おじちゃん、今度こそ露天風呂に入りなよ」

やけに熱心に、さなえに勧められた。

「すっごく気持ちよかったよ」

建二もあらためて言う。

「ふたりが言うなら」と新平はうなずいた。

じつのところ、これが最後の旅行だろうと思って出かけてきたのだった。

よくいっしょに出かけた弟の定吉とも、もうすっかりご無沙汰で、このまま会えなくても不思議ではなかった。

高座椅子に座り、少しテレビを見ていると、湯がたまったと建二が知らせてくれた。

服も外で脱げばいいらしい。テラスには簡単なイスとテーブルもある。タオルはもう、そっちに持っていったということだった。

「目がかたっぽ見えないから、近ごろは、あんまりテレビ見ないんだよ」

「そうなんだ。あんなにエロ動画は見るのにね」

「耳もかたっぽ聞こえないしな」

「エロのときは、ヘッドフォンしてるよね」

父の弱音は、あまり本気で聞かない方針みたいだった。

「ねえ、お父さん、エロは禁じられてないの？　生前戒名もらうときに、五戒って言われてたじゃない。言える？　五つ」

「さあな」

テラスに出ると、さなえが湯加減を見てくれていた。

ヒートなんとかに気をつけて、と注意喚起をされる。

「最初に足湯だけしてもいいかも？　ん？　暖かいところから、急に寒いのがいけないんだっけ？　あれ、いいのか」

じゃあ、ごゆっくり、とさなえが室内へ入り、中からカーテンを引いた。

「なんだ、おまえもいっしょに入るか」

テラスに残った建二に訊くと、

「んなわけないでしょ」

と呆れたように言った。「横で見てるの。入浴監視員」

「あ、そ」

「九十六歳の足じゃないって、さっき、さーちゃんが言ってたよ。つるつるで、若々しいって」

ほめられた新平は休憩用のイスのところで作務衣と下着を脱ぐと、小さなタオルひとつを持ち、バスタブに身を横たえた。体を倒して浸かるのに、ちょうどいい深さと広さだった。

右側が暗い林の斜面になっている。

「お湯加減どう？」

デッキに両膝をついて、覗き込むような姿勢で建二が訊いた。

「いいよ」

「フタするね」

ヒノキのフタを一枚、ちょうど新平の身体がかくれるように、建二はバスタブにのせた。

「ずっとお湯足してるから、なるべく手でバタバタして、全体をかき混ぜたほうがいいよ」

「混ぜてやれ」

昔ながらの言い方で新平が言うと、建二がふふっと笑った。

赤い作務衣の袖を大きくまくると、バスタブに手を入れて、よくかき回している。お湯は、新平の左肩のほうに注がれている。建二はときどきそのお湯をてのひらですくい、新平のからだにかけた。

「お父さん、どう？」

「いいね」

「寒くない？」

「さむくない」

「熱くない？」

「あつくない」

「さびしい？」

「は？」

「ママ死んじゃって」

「ああ、さびしい」

「ママの夢、見る？」

「見るね」

「いくつくらいのときの夢？」

「若い頃の夢。……三十とか、四十とか」

「働き盛りだね」

「ああ」

新しいお湯を手ですくって、ぺちゃりぺちゃり。新平の体にかけながら、建二がずっと話している。


翌朝、新平は大浴場に行き、朝風呂に入った。

これで、内湯、部屋つきの露天風呂、大浴場の三種類をすべて利用した。大浴場までは、さなえがそっとサポートしてくれた。朝は明るいから、いろいろ見える。夜ほどにはあぶなくなかった。

「今日は体操しないの？」

部屋にもどると、建二に訊かれた。いつもの長い体操のことだろう。

「たくさん風呂に入ったから、今日はお休み」

新平は調子よく答えた。

華厳《けごん》の滝を見ようと決めてホテルを出たけれど、先に男体山を見たくなった。

もちろん湖畔からもよく見えるのだけれど、以前、弟の定吉とふたりで行ったスポットがある。その場所から撮影した「中禅寺湖と男体山」を使った年賀状は、ここ何十年かの新平の作品の中では、明石家兄弟会の連中からの評判がとくによかった。

指さしながら新平が道案内して、途中で行きすぎたのをUターンしてもらい、山の中腹の駐車スペースに着いた。

この時間、まだ一台の車も来ていない。

紺のニットキャップをかぶり、今朝は冷えたので冬のブルゾンを着込んだ新平は、デジカメを手に車を降りた。見晴らしのいいほうに勝手に歩きはじめると、さなえが近づいてきて、大きなマフラーを巻いてくれる。

手すりのぎりぎりまで行き、湖水たっぷりの中禅寺湖と、分厚く勇壮な男体山、そのうしろの雲が四角に収まるのをじっくり眺めた。何十枚か写真を撮って満足し、カメラを下ろすと横に建二が立っていた。寒いのにひらひらと薄着をして、両腕をさすっている。

「いい写真撮れた?」

「ああ」

「きれいだね。本当に、ここ。もっと撮る?」

「いや、もういい」

カメラにも目にも、景色は焼きつけてある。

「さすがにずっと生きていられるわけじゃないな。どんどんダメなところが多くなる」

そんな当たり前のことを、新平は今気づいたように建二に言った。まるで人生の真理を子どもに伝えている気分だったが、建二はぽかんとしている。

「でもお父さん、その年で、ありえない若さだよ」

「ふん、もうだめだよ」

「若いって。あと十年は生きるんじゃない？」

「無理だろ」

絶景の男体山を望みながら、新平は言った。

エピローグ　妻の帰宅

妻が帰ってくる。

その連絡は、うぐいす色のきれいな封筒で届いた。

医大への献体に供して、もうじき一年になるところだった。

例年ならば日を決めて合同の慰霊祭を行うところ、新型コロナの影響で、そういった大がかりな行事も自粛になっているらしい。

かわりに一日二組ずつ、事前に予約をとって、ご遺骨をお返ししたいという話だった。

「一周忌には間に合わないんだよな、これじゃ」

新平は言った。これまで同じことを何度も口にしていたけれど、それは忘れているのではなくて、間に合えばよかったのにと残念に思っているのだった。

「お父さん、取りにいくの？」

手紙の内容を読んだ建二が訊く。池袋のデパートの物産展で、長崎のものをいろいろ買ってきてくれた。みろくやのちゃんぽんだとか、エビのすり身を食パンに挟んで揚げた「ハトシ」だとか。

「どうすっかな」

新型コロナの流行も丸二年を超えている。建二はまた、ちょくちょく顔を出すようになった。

「どうしても来られない方には、郵送もできるって書いてあるから、それにするか」

「だめだめだめ、忘れ物じゃないんだから」

「そっか?」

「それに、郵送をご希望の方は一番あとになります、みたいに書いてあったよ。読んでないの?」

「読んだ」

どうしようか、とひとまず保留になった。

「それより、まだ解剖してなかったんだね、献体。それにびっくりしちゃった。これから順次って書いてあったでしょ」

「ああ」

新平もそれには気づいていた。

「冷凍されてるのかね。それとも、ホルマリ」

ン、を発音すると生々しいと思ったのか、建二はそこで言葉を切った。「そこの医大に行ったら、まだママの姿があるんだね、そのまま。お父さん、もし会えたら会いたい？」

「いや、いい」

新平は首を振った。


この家のエレファント、借金王の雄三は去年の夏、新型コロナに罹った。

英子からの相続財産が0とわかった、その翌週くらいだった。

なんだか元気がなく、家でもこそこそしているので、相続のあてが外れてまだ拗《す》ねているのだと思い、新平は必要以上に近寄らないようにしていたら、三十九度だか四十度だかの高熱がつづいていたようだった。

堪えきれずに本人が救急車を呼び、到着した隊員が調べてくれた血中酸素濃度は、八十パーセントそこそこ。病院探しが困難な時期とは聞いていたが、重症化リスクの高い肥満体型ということもあり、どうにか搬送先を見つけてもらい、そこで新型コロナの陽性が確定した。

同じ家で暮らす新平と孝史は、その時点で、しっかり濃厚接触者となった。

保健所と連絡を取り、その日から二週間、自宅待機をするように求められた。

「これ、本当に外に出ちゃだめなのか？　いいんだろ、買い物くらい」

建二からのテレビ電話に訊ねると、

「ダメダメ。うつすほうのリスクだからね」

きびしく見張られていた。おじいちゃーん、と猫を見せてくれるのが、せめてもの慰みだった。

「自分はよくても、外には出られないの」

「あ、そ」

「食べるものに困ったら届けるけど、置き配ね」

「ああ、頼むよ」

自称長女との電話を切って廊下へ出ると、同じく自宅待機を命じられている長男が、めずらしく玄関のドアを開けて、そこから家の前の景色を見ていた。

お向かいの電柱にある、猫よけのペットボトルを見ていたのかもしれない。

外にはなにか、よほどこわいものがあるのだろうか。

「おまえも、大変なんだな」

新平は家の内と外の境に、はじめて透明な膜が見えた気がして言った。


雄三の主治医からは、予想したよりも容態が悪く、今は中等症のベッドにいるが、場合によっては、人工肺とポンプによる体外治療、ＥＣＭＯ《エクモ》に切り替える可能性がある、と夜更けに電話があり、新平は万一の場合を覚悟した。

外出もできないので仏壇に手をあわせ、だらしない三男の無事を願ったが、その甲斐あってか、いよいよ重症化したとの連絡はなく、中等症ベッドでの治療が功を奏したのだろう、やがて濃厚接触者の自宅待機期間があけるよりも早く、本人が家に帰ってきた。

「……なにか、おいしいもの」

まず食卓の定位置にどっかと座り、雄三が口にしたのを新平は聞いた。


英子の遺骨は、七月二十二日に建二と雄三が迎えにいった。

午前中に雨がざっと降り、それから急に暑くなった日だった。

持ち帰ったお骨は、そのまま仏壇の前にある。

「とりあえず、うちにおいとくかな。墓ないし」

建二にもらったスターウォーズのTシャツを着た新平が、くちびるを尖らせて言うと、

「お墓がどうしてもほしいんだったら、私がみてもいいよ」

今ごろになって建二が言った。本当に今ごろだった。「そのかわり、ペットも入れるのにして。いずれ私も、そこにみーちゃんと入るから」

「ん〜」

「いやなの?」

「ん〜」

と新平は考えた。もうお墓はいらないかと思った。「ママのお骨は、このままここに置いといたらいいよ。それで俺が死んだら、どこでもいいからいっしょに撒いてくれ」

妻のぶじ帰った日だった。

夜は近くで英子の好物を買い、家族で食卓を囲んだ。

「でもお母さん、本当に権利書をどこにやったんでしょうね」と雄三が言った。

この話題はもう、明石家の「どうでもいいけれど好ましい話」の一つになっていた。あるいは「好ましいけれどどうでもいい話」かもしれない。

「家のもアパートのも、両方なかったですもんね。大切にしすぎて、銀行の貸金庫にでも入れたんですかね」

「ないだろ、そんなの」と新平。このやり取りを何度したかわからない。

「じゃあ……やっぱり、天国に持ってったのかな」と楽しそうに雄三。

「そういうきれいな話じゃないでしょ」

疑り深い建二は言った。ちらりと新平のほうを見る。「お父さんにとられたくなくて、隠したの、絶対。あの遺言が、いい証拠じゃない。いい？　家もアパートも全部お父さんに、なんて、ママが自分から書くわけないんだから。ありえない！　お父さんに無理に書かされたんだって。だから余計、権利書はすぐに、お父さんのわからないところに隠したんだと思うよ、ママ」

名探偵の推理を聞いて、新平は、ふん、と笑った。長く連れ添った夫の感想を言えば、それは逆かなと思った。

確かに自分の取り分にうるさかった妻が、亡くなったあととはいえ、すべてを新平に託そうとする理由は思い浮かばない。ただ、その性格からして、家もアパートも全部ほしがることはありそうだと思った。

夫が先立ったら、一度、すべてを自分のものにしたかったのではないか。

自分が先に亡くなってしまい、結局その夢は果たせなかったけれども。

「欲の深いやつだな」

新平はつぶやき、壁に飾った妻の写真を見た。

額装してある大きな写真は、病に倒れたあとに撮った一枚だった。

弱々しいけれどVサインを指でつくり、笑顔でちょこっと舌を出している。

その顔が新平には、

「あげませんよーだ」

と、妻がおどけているように見えた。

初出
「小説推理」二〇二二年五月号～二〇二三年八月号（二〇二三年五月号除く）

藤野千夜●ふじの ちや

1962年福岡県生まれ。千葉大学教育学部卒。95年『午後の時間割』で第14回海燕新人文学賞、98年『おしゃべり怪談』で第20回野間文芸新人賞、2000年『夏の約束』で第122回芥川賞を受賞。その他の著書に『ルート225』『君のいた日々』『編集ども集まれ！』『団地のふたり』『じい散歩』などがある。

じい散歩《さんぽ》　妻《つま》の反乱《はんらん》

2023年10月21日　第1刷発行
2023年11月28日　第4刷発行

著　者—— 藤野千夜

発行者—— 箕浦克史

発行所—— 株式会社双葉社

東京都新宿区東五軒町3-28　郵便番号162-8540
電話03(5261)4818〔営業〕
03(5261)4831〔編集〕
http://www.futabasha.co.jp/
（双葉社の書籍・コミック・ムックが買えます）

DTP製版—株式会社ビーワークス

印刷所—— 大日本印刷株式会社

製本所—— 株式会社若林製本工場

カバー印刷—— 株式会社大熊整美堂

落丁・乱丁の場合は送料双葉社負担でお取り替えいたします。
「製作部」あてにお送りください。
ただし、古書店で購入したものについてはお取り替えできません。
［電話］03-5261-4822（製作部）

定価はカバーに表示してあります。

ISBN978-4-575-24682-7 C0093

藤野千夜　好評既刊　双葉文庫

じい散歩

夫婦あわせて、もうすぐ一八〇歳。三人の息子は、全員独身――。一家の主、新平は散歩が趣味の健啖家。一方の妻は認知症ぎみ。長男は引きこもり、次男は自称・長女で、末っ子は借金まみれ。いろいろあるけど、「家族」である日々は続いてゆく。現代家族小説の白眉。